KB076143

국어 교과서 작품 읽기
고등 시

국어 교과서 작품 읽기: 고등 시

전면 개정판 1쇄 발행 • 2017년 12월 27일
전면 개정판 13쇄 발행 • 2022년 2월 10일

엮은이 • 오연경 이종은
펴낸이 • 강일우
책임편집 • 정편집실
조판 • 신성기획
펴낸곳 • (주)창비
등록 • 1986년 8월 5일 제85호
주소 • 10881 경기도 파주시 회동길 184
전화 • 031-955-3333
팩시밀리 • 영업 031-955-3399 편집 031-955-3400
홈페이지 • www.changbi.com
전자우편 • ya@changbi.com

국어 교과서 작품 읽기

고등 시

오연경·이종은 엮음

창비

지금 여러분의 책꽂이에는 교과서나 참고서 말고 어떤 책이 꽂혀 있나요? 서점에 갔다가 직접 구입한 책도 있고 누군가에게서 선물받은 책도 있을 것입니다. 시험공부나 어떤 목적을 위해 의무감으로 읽기 시작한 책도 간혹 우리에게 뜻밖의 즐거움을 선사하지요. 그러니 좋아서 펼친 책, 읽고 싶어서 읽는 책은 더욱 특별합니다. 작가의 개성이나 새로운 작품에 대한 관심으로 시집이나 소설책, 에세이를 펼치면 문학과 나의 오롯한 만남이 시작됩니다. 그 만남 속에서 우리는 작가들이 시대에 던진 물음과 비판, 삶에 대한 애정과 고뇌, 자아에 대한 성찰과 깨달음 등 폭넓은 세계를 마주합니다. 그리고 '지금 여기' 내 삶의 모습을 발견하고 보람과 위로, 통찰을 얻습니다. 이렇듯 문학이 펼쳐 보이는 풍경은 너르고 다채롭습니다.

　'국어 교과서 작품 읽기' 시리즈는 2010년 처음 선보인 이래 수많은 학생, 학부모, 선생님들에게서 큰 사랑을 받아 왔습니다. 그리고 2013년 개정판을 거쳐 이번에 '2015 개정 교육 과정'에 따른 전면 개정판을 새로 내놓게 되었습니다. 이번 개정 교육 과정에서는 이전에 I, II로 나뉘어 있던 고등 국어 교과서가 한 권으로 압축되면서 작품 이해와 감상의 밀도가 더욱 높아졌습니다. 문학 작품의 내용을 현실에 비추어 스스로 해석하고 자신의 삶에 반영하는 주체적인 수용 능

력이 더욱 강조된다고 볼 수 있습니다. 이처럼 청소년이 문학과 자발적이고 자유롭게 만나는 경험이 중요해진 때에 이 시리즈는 좋은 동행이자 벗이 되어 줍니다. '국어 교과서 작품 읽기' 시리즈는 2018학년도부터 사용되는 새로 바뀐 고등학교 검정 교과서 『국어』 11종을 분석하여 주요 작품을 엄선했습니다. 시, 소설, 수필로 나누어 각 장르의 특성에 따라 목차를 구성했습니다. 나아가 창의 융합형 활동을 강조하는 개정 교육 과정에 발맞추어 현대 작품과 고전 작품을 함께 배치하여 시대와 역사적 갈래를 넘나들며 유연하게 감상할 수 있도록 하였습니다. 책의 크기와 편집에 있어서도 가독성을 높이고자 노력했습니다.

　문학 작품은 작가의 손을 떠나는 순간, 시간과 공간을 달리하는 독자들의 삶 속으로 들어가 스스로 생명력을 얻게 됩니다. 시의 화자, 소설의 주인공, 수필 속의 진솔한 인물은 오늘 우리에게 간절한 말을 건네고 있는지도 모릅니다. 그 말을 귀 기울여 듣고 이해하고 자기 삶으로 가져와 빛나게 만드는 것은 독자의 몫입니다. 책을 펼쳐 드는 순간, 우리는 잠들어 있던 작품의 메시지와 아직 알려지지 않은 감동을 두드려 깨우는 제2의 창작자가 되는 셈입니다. 여러분 모두가 문학 작품에서 자기만의 질문을 발견하고, 작품의 새로운 가능성을 열어젖히는 창작자가 되기를 바라는 마음입니다.

　인간은 누구나 자신의 생각과 감정을 언어로 표현하고자 하는 욕망을 가지고 있습니다. 그러나 일상적인 언어의 용법으로는 제대로 표현되지 않는 것들이 많습니다. 바로 그러한 것들을 언어의 특별한 조직과 운용을 통해 실현하는 장르가 시입니다. 시적 언어의 함축과 긴

장, 운율과 이미지, 비유와 수사 등은 화자의 정서를 표현하고 시의 분위기를 결정하며, 나아가 세상과 사람살이에 대한 화자의 태도를 드러냅니다. 한 편의 시가 어떤 두꺼운 책이나 긴 연설보다도 더 큰 감동을 줄 수 있는 것은 고도로 조직된 언어의 힘 덕분입니다. 그러므로 시를 읽는 우리는 "왜 이렇게 표현했을까?"라고 물으면서 시인이 마련해 놓은 언어의 징검다리를 하나하나 밟아 나감으로써 화자의 마음에 닿을 수 있습니다.

이 책은 화자의 마음에 닿기 위한 다섯 개의 질문과 그것이 우리 마음에 일으킨 파문에 대한 한 개의 질문을 엮어 총 6부로 구성하였습니다. 그리고 각 부를 안내하는 '여는 글'을 제시하고, 작품과의 대화의 길을 터 주는 '감상 길잡이'와 '활동'을 각 작품 뒤에 곁들였습니다. '누구의 목소리로 말하는가', '내면을 어떻게 고백하는가', '대상을 어떻게 드러내는가', '현실과 어떻게 관계하는가', '시의 언어는 어떻게 다른가', '시는 왜 우리를 움직이는가'라는 여섯 개의 질문에 답하면서 시를 읽는 동안, 시와 대화하는 것에 익숙해지고 나아가 시가 선사하는 특별한 즐거움에 빠져들기를 바랍니다. 시는 나와 세상에 딱 달라붙어 아옹다옹할 때는 보지 못했던 넓고 깊고 맑은 세계를 열어 줍니다. 혼탁하고 어지러운 세상에 시가 열어 준 내면의 깊은 눈을 지닌다면 여러분의 현실과 미래에 조금은 밝은 빛이 더해질 것입니다.

2017년 12월
오연경 이종은

차례

3부 대상을 어떻게 드러내는가

6부 시는 왜 우리를 움직이는가

일러두기

1. '2015 개정 교육 과정'에 따른 고등학교 검정 교과서 11종 『국어』에 수록된 시 중에서 77편(현대 시 58편, 고전 시가 19편)을 가려 뽑아 엮었습니다.
2. 개인 시집이나 전집을 저본으로 삼았습니다.
3. 맞춤법과 띄어쓰기는 현행 표기법을 따르는 것을 원칙으로 하되 지은이의 독특한 어법이나 사투리는 살렸습니다.
4. 고전 시가의 경우는 감상을 쉽게 할 수 있도록 현대어로 표기했고, 현대어 풀이를 달기도 했습니다.
5. 한자는 모두 한글로 바꾸고 필요한 경우에만 괄호 안에 넣었습니다.
6. 본문 아래쪽에 낱말 풀이를 달았습니다.
7. 활동의 예시 답안은 창비 홈페이지(www.changbi.com)의 '창비어린이 — 어린이/청소년 독서활동 — 심화자료실'에 있습니다.

1부

누구의 목소리로
말하는가

여는글

목소리는 한 사람의 개성을 드러내는 것이지만, 그때그때의 기분과 감정에 따라 달라지기도 합니다. 시에도 그런 목소리가 있습니다. 우리는 친구의 목소리에서 그날의 기분을 짐작하듯, 시의 어조와 말투에서 느껴지는 목소리로 화자의 정서와 상황을 감지합니다. 차분한 목소리, 다정한 목소리, 내면적인 목소리, 웅장한 목소리, 주저하는 목소리, 다급한 목소리 등은 말하고자 하는 바를 효과적으로 전달하기 위해 시인이 만들어 낸 것입니다. 시를 읽으면서 우리는 말해진 내용만을 파악하는 것이 아니라 말의 표현에서 울려 나오는 목소리가 파동처럼 우리의 마음에 전해지는 것을 느낍니다. 시는 이처럼 종이에 쓰인 말로 목소리를 들려주고, 바로 그 목소리의 힘으로 감정을 전달하는 장르입니다.

진달래꽃

● 김소월

나 보기가 역겨워
가실 때에는
말없이 고이 보내 드리오리다

영변에 약산
진달래꽃
아름 따다 가실 길에 뿌리오리다

가시는 걸음걸음
놓인 그 꽃을
사뿐히 즈려밟고 가시옵소서

나 보기가 역겨워
가실 때에는
죽어도 아니 눈물 흘리오리다

* **영변** 평안북도에 있는 지명.
* **약산** 평안북도 영변 서쪽에 있는 산. 경치가 좋기로 이름난 약산 동대가 있고, 예부터 진달래로 유명함.
* **즈려밟고** 위에서 눌러 밟고. '지르밟고'의 잘못.

감상
길잡이

이 시에서는 '~리오리다', '~옵소서'라는 공손하고 예스러운 어조가 눈에 띕니다. 상대방을 높이고 받드는 것 같은 목소리로 임을 떠나보내는 화자의 심정은 어떤 것일까요? 화자는 내가 싫다고 떠나는 임에게 진달래꽃을 따다 뿌려 드리겠다고 말합니다. 임의 발걸음에 밟혀 짓이겨질 꽃잎은 아마도 화자 자신의 마음일 것입니다. 우리는 한없이 자신을 희생하려는 연약한 목소리에서 입술을 꼭 깨물고 참아 내는 이별의 슬픔을 느낄 수 있습니다. 때로는 누군가에 대한 사랑이 너무나 커서 말없이 보내 드리겠다고 말하는 이별도 있는 것입니다.

활동

1 「진달래꽃」에 나타난 '진달래꽃'의 의미에 대해 말해 봅시다.

2 현대 시 중에서 꽃을 소재로 사랑이나 이별의 감정을 드러낸 작품을 찾아봅시다.

님의 침묵

● 한용운

님은 갔습니다 아아 사랑하는 나의 님은 갔습니다

푸른 산빛을 깨치고 단풍나무 숲을 향하여 난 작은 길을 걸어서 차마 떨치고 갔습니다

황금의 꽃같이 굳고 빛나던 옛 맹서(盟誓)는 차디찬 티끌이 되어서 한숨의 미풍에 날아갔습니다

날카로운 첫 키스의 추억은 나의 운명의 지침을 돌려 놓고 뒷걸음쳐서 사라졌습니다

나는 향기로운 님의 말소리에 귀먹고 꽃다운 님의 얼굴에 눈멀었습니다

사랑도 사람의 일이라 만날 때에 미리 떠날 것을 염려하고 경계하지 아니한 것은 아니지만 이별은 뜻밖의 일이 되고 놀란 가슴은 새로운 슬픔에 터집니다

그러나 이별을 쓸데없는 눈물의 원천을 만들고 마는 것은 스스로 사랑을 깨치는 것인 줄 아는 까닭에 걷잡을 수 없는 슬픔의 힘을 옮겨서 새 희망의 정수박이에 들어부었습니다

우리는 만날 때에 떠날 것을 염려하는 것과 같이 떠날 때에 다시 만날 것을 믿습니다

• **깨치고** 깨달아 사물의 이치를 알게 되고. 혹은 '깨뜨리고'의 잘못.
• **미풍** 약하게 부는 바람.
• **정수박이** 정수리. 머리 위의 숫구멍이 있는 자리. 혹은 사물의 제일 꼭대기 부분을 비유적으로 이르는 말.

아아 님은 갔지마는 나는 님을 보내지 아니하였습니다

제 곡조를 못 이기는 사랑의 노래는 님의 침묵을 휩싸고 돕
니다

이 시의 화자는 "아아 사랑하는 나의 님은 갔습니다"라고 말합니다. 우리는 이 한탄의 목소리에서 갑작스러운 이별에 놀라 슬퍼하는 화자의 마음을 느낄 수 있습니다. 한용운 시인에게 떠나간 임의 뒷모습은 국권을 상실한 조국의 모습이기도 했습니다. 그러나 시인은 이별의 슬픔을 새 희망으로 옮겨, 다시 사랑을 완성하고자 합니다. 임은 영영 떠났거나 사라져 버린 것이 아니라 다만 지금 침묵하고 있을 뿐이라는 깨달음 때문입니다. 그러므로 "아아 님은 갔지마는 나는 님을 보내지 아니하였습니다"라는 역설적 표현에는 임과의 만남에 대한 믿음, 그리고 사랑의 노래를 그치지 않겠다는 강렬한 의지가 담겨 있습니다.

 활동

1 「님의 침묵」에서 '님'의 의미를 개인적·종교적·역사적 맥락에 따라 추측해 봅시다.

2 「님의 침묵」의 '~습니다'로 끝맺는 경어체에서 드러나는 화자의 태도가 무엇인지 말해 봅시다.

서시

● 윤동주

죽는 날까지 하늘을 우러러
한 점 부끄럼이 없기를,
잎새에 이는 바람에도
나는 괴로워했다.
별을 노래하는 마음으로
모든 죽어 가는 것을 사랑해야지
그리고 나한테 주어진 길을
걸어가야겠다.

오늘 밤에도 별이 바람에 스치운다.

부끄러움을 안다는 것은 인간의 고유한 감정입니다. 그러나 살다 보면 자기 합리화에 익숙해져서 부끄러움을 잘 느끼지 못하게 되는 경우가 많습니다. 이 시의 화자는 "한 점 부끄럼이 없기"를 바라는 순수한 마음의 소유자입니다. 그는 작은 흔들림에도 괴로워하며 끊임없이 결백한 삶을 살고자 노력해 왔다고 말합니다. 또한 미래에도 모든 유한한 생명들을 사랑하며 살겠다고 다짐하지요. 윤동주 시인은 세상의 바람이 거세질수록 더욱 또렷하게 빛나는 별이 되고자 했던 고결한 정신의 청년이었습니다. 자기 자신을 향해 읊조리며 다짐하는 이 시의 낮은 목소리는 그처럼 높고도 순수한 시인의 열망을 뜨겁게 품고 있습니다.

🪬 활동

1 「서시」에서 '별'이 의미하는 것은 무엇인지 말해 봅시다.

2 윤동주 시인에게 "주어진 길"은 무엇이었을지, 시인의 삶을 바탕으로 생각해 봅시다.

광야

이육사

까마득한 날에
하늘이 처음 열리고
어데 닭 우는 소리 들렸으랴

모든 산맥들이
바다를 연모해 휘달릴 때도
차마 이곳을 범하던 못하였으리라

끊임없는 광음(光陰)을
부지런한 계절이 피어선 지고
큰 강물이 비로소 길을 열었다

지금 눈 내리고
매화 향기 홀로 아득하니
내 여기 가난한 노래의 씨를 뿌려라

다시 천고(千古)의 뒤에
백마 타고 오는 초인(超人)이 있어
이 광야에서 목 놓아 부르게 하리라

• **연모** 사랑하여 간절히 그리워함.
• **광음** 햇빛과 그늘. 즉 낮과 밤이라는 뜻으로, 시간이나 세월을 이르는 말.
• **천고** 아주 먼 옛적. 혹은 아주 오랜 세월 동안.

이 시는 일제 강점기의 암담한 현실에 대한 극복 의지를 웅대한 역사
적 상상력으로 펼쳐 낸 작품입니다. 하늘이 열린 후 신성한 이 땅에
서 시작된 민족의 유구한 역사를 생각하면 지금의 시련은 일시적인
것에 불과합니다. 그러나 역사의 미래는 기다린다고 저절로 오는 것
이 아니겠지요. 지금은 눈 내리는 암울한 현실이지만 화자가 "가난한
노래의 씨"를 뿌려 놓을 때, 그것은 불행한 역사를 바로 세울 미래의
초인으로 피어날 것입니다. 이러한 미래를 단호한 명령형으로 예언
하는 이 시의 목소리는 광야가 새로운 희망으로 뒤덮일 것이라는 시
인의 숭고한 신념을 드러냅니다.

 활동

1 「광야」에서 혹독한 겨울을 상징하는 '눈'과 대비되는 시구를 찾고, 그것의 의미가 무
엇인지 말해 봅시다.

2 「광야」에서 4, 5연의 문장을 명령형으로 서술한 것이 어떤 효과를 지니는지 생각해
봅시다.

귀뚜라미

● 나희덕

높은 가지를 흔드는 매미 소리에 묻혀
내 울음 아직은 노래 아니다.

차가운 바닥 위에 토하는 울음,
풀잎 없고 이슬 한 방울 내리지 않는
지하도 콘크리트 벽 좁은 틈에서
숨 막힐 듯, 그러나 나 여기 살아 있다
귀뚜르르 뚜르르 보내는 타전 소리가
누구의 마음 하나 울릴 수 있을까.

지금은 매미 떼가 하늘을 찌르는 시절
그 소리 걷히고 맑은 가을이
어린 풀숲 위에 내려와 뒤척이기도 하고
계단을 타고 이 땅 밑까지 내려오는 날
발길에 눌려 우는 내 울음도
누군가의 가슴에 실려 가는 노래일 수 있을까.

이 시에서 "나 여기 살아 있다"라고 말하는 화자는 누구일까요? 이 시의 화자는 "귀뚜르르 뚜르르" 타전 소리를 보내는 귀뚜라미입니다. 시인은 지하도 콘크리트 좁은 틈에서 울고 있는 귀뚜라미의 목소리를 빌려 말합니다. 내 울음은 아직 노래가 아니라고, 그러나 가을이 오면 내 울음도 누군가의 마음을 울릴 수 있었으면 좋겠다고, 그래서 지치고 힘든 사람들을 위로하는 노래가 되었으면 좋겠다고. 귀뚜라미의 간절한 소망은 아마도 이 삭막한 도시에서 가슴을 울리는 아름다운 노래를 전하고 싶다는 시인 자신의 소망일 것입니다.

 활동

1 「귀뚜라미」에서 삭막한 도시의 풍경을 나타내는 표현을 찾아봅시다.

2 「귀뚜라미」의 화자가 "내 울음 아직은 노래 아니다."라고 말한 이유가 무엇인지 생각해 봅시다.

화가 뭉크와 함께

● 이승하

어디서 우 울음소리가 드 들려
겨 겨 견딜 수가 없어 나 난 말야
토 토하고 싶어 울음소리가
끄 끊어질 듯 끄 끊이지 않고
드 들려와

야 양팔을 벌리고 과 과녁에 서 있는
그런 부 불안의 생김새들
우우 그런 치욕적인
과 광경을 보면 소 소름이 끼쳐
다 다 달아나고 싶어

도 동화(同化)야 도 동화(童話)의 세계야
저놈의 소리 저 우 울음소리
세 세기말의 배후에서 무 무수한 학살극
바 발이 잘 떼어지지 않아 그런데
자 자백하라구? 내가 무얼 어쨌기에

소 소름 끼쳐 터 텅 빈 도시
아니 우 웃는 소리야 끝내는

끝내는 미 미쳐버릴지 모른다
우우 보트피플이여 텅 빈 세계여
나는 부 부 부인할 것이다.

감상
길잡이

이 시는 노르웨이의 화가 에드바르 뭉크의 작품을 모티프로 삼고 있습니다. 뭉크의 「절규」라는 그림은 불타오르는 구름을 배경으로 공포에 찬 인간의 얼굴을 묘사한 작품입니다. 시인은 그림 속의 절규를 언어로 옮기면서 더듬거리는 불안한 목소리를 활용했습니다. 이 독특한 말투는 전쟁과 학살로 점철된 세계의 폭력 앞에 무방비로 던져진 나약한 존재들의 공포와 절규, 불안과 고통을 효과적으로 드러냅니다. 우리는 이 시를 읽으면서 부정한 현실에 포위된 인간의 고통을 어떤 비명이나 절규보다도 더 절실하게 느낄 수 있습니다.

활동

1 「화가 뭉크와 함께」에서 "울음소리"와 "웃는 소리"는 각각 무엇을 의미하는지 말해 봅시다.

2 「화가 뭉크와 함께」의 마지막 문장을 참조하여 부정적인 세계에 대한 화자의 태도를 생각해 봅시다.

하관

관(棺)을 내렸다.
깊은 가슴안에 밧줄로 달아 내리듯
주여
용납하옵소서
머리맡에 성경을 얹어 주고
나는 옷자락에 흙을 받아
좌르르 하직했다.

그 후로
그를 꿈에서 만났다.
턱이 긴 얼굴이 나를 돌아보고
형님!
불렀다.
오오냐 나는 전신으로 대답했다.
그래도 그는 못 들었으리라
이제
네 음성을
나만 듣는 여기는 눈과 비가 오는 세상.

• 하관 시체를 묻을 때에 관을 구덩이에 내림.

너는 어디로 갔느냐
그 어질고 안쓰럽고 다정한 눈짓을 하고
형님!
부르는 목소리는 들리는데
내 목소리는 미치지 못하는
다만 여기는
열매가 떨어지면
툭 하고 소리가 들리는 세상.

하관(下棺)은 장지에서 관을 땅속으로 내리는 일을 말합니다. 화자는 죽은 아우를 묻고 돌아와 꿈에서 아우를 만납니다. 아우는 "형님!" 부르고 형님은 "오오냐" 대답해 보지만 두 사람은 서로 닿을 수 없는 세계에 존재합니다. 이처럼 시인은 구어체의 목소리를 직접 인용하여 이승과 저승 사이의 단절을 극적 장면으로 보여 줍니다. 이 시는 전체적으로 담담한 어조로 슬픔을 고백하고 있지만, 서로의 목소리가 미치지 못하는 상황에서 열매 떨어지는 소리만을 "툭"이라고 제시함으로써 아우가 없는 세상의 적막감과 아우에 대한 애틋한 그리움을 절절하게 드러내고 있습니다.

 활동

1 「하관」에 나타난 의성어를 찾아보고, 그것이 어떤 효과를 지니는지 말해 봅시다.

2 「하관」의 화자가 "여기는 눈과 비가 오는 세상"이라고 말한 이유가 무엇인지 생각해 봅시다.

유리창 1

유리에 차고 슬픈 것이 어른거린다.
열없이 붙어 서서 입김을 흐리우니
길들은 양 언 날개를 파닥거린다.
지우고 보고 지우고 보아도
새까만 밤이 밀려 나가고 밀려와 부딪치고,
물먹은 별이, 반짝, 보석처럼 박힌다.
밤에 홀로 유리를 닦는 것은
외로운 황홀한 심사이어니,
고운 폐혈관이 찢어진 채로
아아, 늬는 산새처럼 날아갔구나!

• **열없이** 약간 부끄럽고 겸연쩍게.

그립거나 보고 싶은 대상의 모습은 어디에서나 나타납니다. 그리워
하는 사람의 마음에 그 대상이 살고 있기 때문이지요. 이 시의 화자
는 유리창에 어린 입김에서 날개를 파닥거리는 새의 형상을 보고 거
기서 죽은 아이를 떠올립니다. 화자는 유리창에 맺힌 영상 덕분에 아
이와 만날 수 있지만, 또한 유리창에 가로막혀서 죽은 아이가 있는
저편의 밤으로 건너갈 수 없습니다. 그래서 시인은 죽은 아이를 만나
면서도 만날 수 없는 이 모순된 상황의 심정을 "외로운 황홀한 심사"
라고 역설적으로 표현했나 봅니다. 극도로 절제되었던 감정은 마지
막 문장에 와서야 "아아, 늬는 산새처럼 날아갔구나!"라는 탄식의 목
소리로 폭발하고 있습니다.

활동

1 「유리창」에서 죽은 아이의 모습을 나타내는 시구를 모두 찾아봅시다.

2 「유리창」의 화자가 밤에 홀로 유리를 닦는 이유가 무엇인지 생각해 봅시다.

나와 나타샤와 흰 당나귀

● 백석

가난한 내가
아름다운 나타샤를 사랑해서
오늘 밤은 푹푹 눈이 나린다

나타샤를 사랑은 하고
눈은 푹푹 날리고
나는 혼자 쓸쓸히 앉어 소주를 마신다
소주를 마시며 생각한다
나타샤와 나는
눈이 푹푹 쌓이는 밤 흰 당나귀 타고
산골로 가자 출출이 우는 깊은 산골로 가 마가리에 살자

눈은 푹푹 나리고
나는 나타샤를 생각하고
나타샤가 아니 올 리 없다
언제 벌써 내 속에 고조곤히 와 이야기한다
산골로 가는 것은 세상한테 지는 것이 아니다
세상 같은 건 더러워 버리는 것이다

- **출출이** 뱁새.
- **마가리** '오막살이'의 평안도 사투리.
- **고조곤히** '고요히'의 평안도 사투리.

눈은 푹푹 나리고

아름다운 나타샤는 나를 사랑하고

어데서 흰 당나귀도 오늘 밤이 좋아서 응앙응앙 울을 것이다

감상 길잡이

사랑은 때로 말도 안 되는 착각을 하게 만들기도 합니다. 이 시의 화자는 오늘 밤 눈이 내리는 것이 "가난한 내가/아름다운 나타샤를 사랑해서"라고 말합니다. 눈이 푹푹 쌓이는 밤의 풍성함과 고요함은 정말로 화자의 사랑을 축복하고 감싸 주는 듯합니다. 그러나 지금 화자는 혼자 쓸쓸히 소주를 마시며 아직 오지 않은 나타샤를 기다리고 있습니다. 그러니까 "산골로 가 마가리에 살자"라고 말하는 화자의 행복한 목소리는 사실 스스로에게 속삭이는 위로이자 다짐인 것이지요. 이 시는 세상으로부터 단절된 순수한 사랑의 공간에 대한 희구를 아름다운 언어로 그려 보이고 있습니다.

활동

1 「나와 나타샤와 흰 당나귀」에서 화자의 사랑을 순수하고 이상적인 것으로 만들어 주는 소재가 무엇인지 찾아봅시다.

2 사랑으로 인한 착시나 환청을 느껴 본 적이 있는지 자신의 경험을 이야기해 봅시다.

가난한 사랑 노래
―이웃의 한 젊은이를 위하여

● 신경림

가난하다고 해서 외로움을 모르겠는가
너와 헤어져 돌아오는
눈 쌓인 골목길에 새파랗게 달빛이 쏟아지는데.
가난하다고 해서 두려움이 없겠는가
두 점을 치는 소리
방범대원의 호각 소리 메밀묵 사려 소리에
눈을 뜨면 멀리 육중한 기계 굴러가는 소리.
가난하다고 해서 그리움을 버렸겠는가
어머님 보고 싶소 수없이 뇌어 보지만
집 뒤 감나무에 까치밥으로 하나 남았을
새빨간 감 바람 소리도 그려 보지만.
가난하다고 해서 사랑을 모르겠는가
내 볼에 와 닿던 네 입술의 뜨거움
사랑한다고 사랑한다고 속삭이던 네 숨결
돌아서는 내 등 뒤에 터지던 네 울음.
가난하다고 해서 왜 모르겠는가
가난하기 때문에 이것들을
이 모든 것들을 버려야 한다는 것을.

가난 때문에 갖고 싶은 걸 못 사고 먹고 싶은 걸 못 먹는 것은 슬픈 일입니다. 하지만 그보다 더 비극적인 것은 가난 때문에 인간적인 감정마저 포기하고 살아야 하는 일일 것입니다. 이 시의 화자는 가난하다고 해서 외로움을, 두려움을, 그리움을, 사랑을 모르겠느냐고 묻습니다. 이렇게 반문하는 목소리에는 그 모든 것을 알고 있음에도 불구하고 가난한 생활에 치여 소중한 것들을 잃어버리고 살아야 하는 비애와 안타까움이 묻어 있습니다. 그러나 화자의 안타까운 목소리에서 가난할지라도 이 모든 것을 버려서는 안 된다는 간절한 의지가 느껴지지 않나요?

 활동

1 「가난한 사랑 노래」에서 반복되는 문장 구조를 찾고 그것의 효과에 대해 말해 봅시다.

2 「가난한 사랑 노래」에는 '이웃의 한 젊은이를 위하여'라는 부제가 붙어 있습니다. 이 작품이 창작된 1980년대의 현실을 참조할 때 시의 화자로 짐작되는 '이웃의 한 젊은이'는 어떤 사람일지 추측해 봅시다.

이화에 월백하고

이화(梨花)에 월백(月白)하고 은한(銀漢)이 삼경(三更)인 제
일지춘심(一枝春心)을 자규(子規)야 알랴마는
다정(多情)도 병(病)인 양하여 잠 못 들어 하노라

현대어 풀이

배꽃에 달이 환하게 비치고 은하수는 자정을 알리는 때에
배나무 가지에 어려 있는 봄날의 정서를 두견새가 알고서 우
는 것이랴마는
정이 많은 것도 병인 듯싶어 잠을 이루지 못하노라

• **이화** 배꽃.
• **월백** 달이 환하게 밝음.
• **은한** 은하수.
• **삼경** 한밤중. 밤 11시에서 새벽 1시.
• **일지춘심** 나뭇가지에 어린 봄의 정서.
• **자규** 두견. 귀촉도.

만흥(漫興) 제3수

• 윤선도

잔 들고 혼자 앉아 먼 뫼를 바라보니
그리던 님이 오다 반가움이 이러하랴
말씀도 웃음도 아녀도 못내 좋아하노라

현대어 풀이

잔을 들고 혼자 앉아 먼 산을 바라보니
그리워하던 임이 온다고 한들 반가움이 이만하겠는가
말하거나 웃음을 짓지 않아도 한없이 좋아하노라

• **만흥** 저절로 일어나는 흥취.

현대인들은 대부분 계절이나 자연의 변화보다는 계량화된 시간과 정해진 일정에 맞추어 살아갑니다. 그러나 때로는 계절의 변화나 자연의 아름다움이 문득 일상의 흐름을 멈추고 다른 시공간으로 우리를 데려가는 경우가 있지요. 우리의 선조들은 시조를 통해 자연에 묻혀 지내는 삶을 예찬했고 자연이 선사하는 감흥을 즐겨 노래했습니다. 하얗게 핀 배꽃 아래 잠 못 드는 봄밤의 정서나, 말 없는 산과 하나가 되는 물아일체의 경지는 인간의 사상과 감정을 자연에 의탁하여 살아간 선조들의 삶의 태도를 보여 줍니다.

활동

1 「이화에 월백하고」에서 "다정도 병"이라는 말의 의미가 무엇인지 추측해 봅시다.

2 「만흥」에서 "그리던 님이 오다 반가움이 이러하랴"에 담긴 화자의 삶의 태도에 대해 생각해 봅시다.

속미인곡(續美人曲)

● 정철

저기 가는 저 각시 본 듯도 하구나.
천상(天上) 백옥경(白玉京)을 어찌하여 이별하고
해 다 져 저문 날에 누굴 보러 가시는가.
어와 너로구나 이내 사정 이야기 들어 보오.
내 얼굴 이 행동이 임에게 사랑받을 만한가마는
어쩐지 날 보시고 너로다 여기시매
나도 임을 믿어 딴 뜻이 전혀 없어
아양이며 교태며 어지럽게 하였던지
반기시는 낯빛이 예와 어찌 다르신가.
누워 생각하고 일어앉아 헤아리니
내 몸의 지은 죄 산같이 쌓였으니
하늘을 원망하며 사람을 탓하겠는가.
서러워 생각해 보니 조물주의 탓이로다.
그것일랑 생각 마오 맺힌 일이 있습니다.
임을 모셔 봐서 임의 일을 내 알거니
물 같은 얼굴이 편하실 때 몇 날일까.
봄추위, 여름 더위는 어떻게 지내시며
가을철, 겨울철은 누가 모셨는가.

• **속미인곡**「사미인곡」의 속편으로, 여기서 '미인'은 '임금'을 뜻한다.
• **백옥경** 옥황상제가 산다는 곳. 여기서는 임금이 있는 한양의 궁궐을 가리킴.

죽조반 조석 진지 예와 같이 잡수시게 하는가.
기나긴 밤에 잠은 어찌 주무시나.
임 계신 곳 소식을 어떻게든 알자 하니
오늘도 거의 날이 저물었네 내일이나 사람 올까.
내 마음 둘 데 없다 어디로 가잔 말인가.
잡거니 밀거니 높은 산에 올라가니
구름은 물론이고 안개는 무슨 일인가.
산천이 어두운데 해와 달을 어찌 보며
지척을 모르는데 천 리를 바라볼까.
차라리 물가에 가 뱃길이나 보려 하니
바람이야 물결이야 어수선하게 되었구나.
사공은 어디 가고 빈 배만 매여 있는가.
강가에 혼자 서서 지는 해를 굽어보니
임 계신 곳 소식이 더욱 아득하구나.
초가집 찬 잠자리에 밤중쯤 돌아오니
벽 가운데 걸린 청등은 누굴 위해 밝았는가.
오르며 내리며 헤매며 서성대니
잠깐 동안 힘이 다해 풋잠을 잠깐 드니
정성이 지극하여 꿈에 임을 보니

• **죽조반** 아침 먹기 전에 일찍 먹는 죽.

옥 같은 얼굴이 반 넘어 늙었구나.
마음에 먹은 말씀 실컷 아뢰자 하니
눈물이 바로 나니 말씀인들 어찌하며
정회(情懷)를 못다 풀어 목조차 메어 오니
방정맞은 닭 울음소리에 잠은 어찌 깨었던가.
어와 허사로다 이 임이 어디 갔나.
잠결에 일어앉아 창을 열고 바라보니
가엾은 그림자가 날 좇을 뿐이로다.
차라리 죽어져서 지는 달이나 되어서
임 계신 창 안에 환하게 비추리라.
각시님 달은 물론이고 궂은비나 되소서.

• **정회** 생각하는 마음. 또는 정과 회포를 아울러 이르는 말.

감상
길잡이

「속미인곡」은 임금을 그리워하는 정을 노래한 조선 시대의 대표적인 가사로, 우리말 표현이 뛰어난 것으로 높이 평가받는 작품입니다. 특히 두 명의 화자를 등장시켜 대화 형식으로 전개한 점이 매우 독특하지요. 여기서 한 화자는 질문을 던지면서 상대방의 하소연을 이끌어 내고, 다른 화자는 자신의 서러운 사연을 길게 풀어내며 작품의 주제를 드러냅니다. 이처럼 두 화자가 한탄과 위로를 주고받으며 이야기할 때 작품의 사연은 더욱 절실하고 공감할 만한 것이 됩니다. 정철은 이러한 방식으로 임금을 떠나온 자신의 처지와 임금에 대한 변치 않는 충성을 절절하게 표현했던 것이지요.

 활동

1 「속미인곡」에서 화자가 임의 소식을 듣기 위해 한 노력이 무엇인지 찾아보고, 그것이 어떻게 좌절되었는지 말해 봅시다.

2 「속미인곡」의 마지막에 등장하는 '달'과 '궂은비'의 의미를 추측해 보고, 사랑에 대한 두 화자의 태도를 비교해 봅시다.

2부

내면을 어떻게
고백하는가

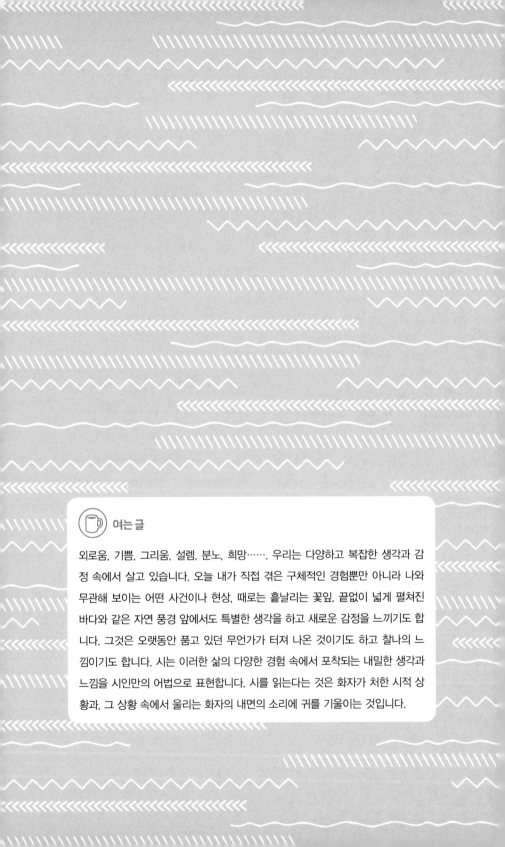

☕ 여는 글

외로움, 기쁨, 그리움, 설렘, 분노, 희망……. 우리는 다양하고 복잡한 생각과 감정 속에서 살고 있습니다. 오늘 내가 직접 겪은 구체적인 경험뿐만 아니라 나와 무관해 보이는 어떤 사건이나 현상, 때로는 흩날리는 꽃잎, 끝없이 넓게 펼쳐진 바다와 같은 자연 풍경 앞에서도 특별한 생각을 하고 새로운 감정을 느끼기도 합니다. 그것은 오랫동안 품고 있던 무언가가 터져 나온 것이기도 하고 찰나의 느낌이기도 합니다. 시는 이러한 삶의 다양한 경험 속에서 포착되는 내밀한 생각과 느낌을 시인만의 어법으로 표현합니다. 시를 읽는다는 것은 화자가 처한 시적 상황과, 그 상황 속에서 울리는 화자의 내면의 소리에 귀를 기울이는 것입니다.

오 분간

● 나희덕

이 꽃그늘 아래서
내 일생이 다 지나갈 것 같다.
기다리면서 서성거리면서
아니, 이미 다 지나갔을지도 모른다.
아이를 기다리는 오 분간
아카시아 꽃 하얗게 흩날리는
이 그늘 아래서
어느새 나는 머리 희끗한 노파가 되고,
버스가 저 모퉁이를 돌아서
내 앞에 멈추면
여섯 살배기가 뛰어내려 안기는 게 아니라
훤칠한 청년 하나 내게로 걸어올 것만 같다.
내가 늙은 만큼 그는 자라서
서로의 삶을 맞바꾼 듯 마주 보겠지.
기다림 하나로도 깜박 지나가 버릴 생(生),
내가 늘 기다렸던 이 자리에
그가 오래도록 돌아오지 않을 때쯤
너무 멀리 나가 버린 그의 썰물을 향해
떨어지는 꽃잎,
또는 지나치는 버스를 향해

무어라 중얼거리면서 내 기다림을 완성하겠지.
중얼거리는 동안 꽃잎은 한 무더기 또 진다.
아, 저기 버스가 온다.
나는 훌쩍 날아올라 꽃그늘을 벗어난다.

이 시의 화자는 꽃그늘 아래서 아이를 기다리고 있습니다. 아이를 기다리는 오 분 동안 흩날리는 꽃잎을 보며 내 일생이 이렇게 다 지나가는구나 생각합니다. 그러다 문득, 내가 늙고 여섯 살배기 아이가 청년이 되는 상상을 해 봅니다. 내가 더 나이가 들고, 아이가 자라나면 "서로의 삶을 맞바꾼 듯 마주 보겠지." 하는 생각이 들었습니다. 어른이 된 아이는 내 품으로 돌아오지 않을 수도 있을 것입니다. 아이는 어른으로서 자신의 삶을 완성해 갈 것이고, 그것은 곧 부모의 기다림을 완성하는 것이라는 데 화자의 생각이 미칩니다. 그때, 저기 아이가 탄 버스가 오네요. 꽃그늘을 벗어나 기다리던 아이를 맞이할 시간입니다.

👁 활동

1 「오 분간」의 공간적 배경을 찾아보고, 공간적 배경의 역할에 대해 말해 봅시다.

2 「오 분간」의 제목 '오 분간'은 화자에게 어떤 의미를 갖는 시간인지 생각해 봅시다.

산이 날 에워싸고

● 박목월

산이 날 에워싸고
씨나 뿌리며 살아라 한다
밭이나 갈며 살아라 한다

어느 짧은 산자락에 집을 모아
아들 낳고 딸을 낳고
흙담 안팎에 호박 심고
들찔레처럼 살아라 한다
쑥대밭처럼 살아라 한다

산이 날 에워싸고
그믐달처럼 사위어지는 목숨
그믐달처럼 살아라 한다
그믐달처럼 살아라 한다

이 시의 화자는 산의 명령을 듣게 됩니다. 산의 명령이 무엇인지는 "산이 날 에워싸고", "살아라 한다"라는 구절의 반복을 통해 우리에게도 전해집니다. 산이 명령한 삶은 씨나 뿌리고 밭이나 갈며 어느 산자락에서 아들딸 낳고 호박 심고 사는 것입니다. 그런데 이것은 정말 산이 화자에게 명령하고 있는 삶일까요? 아닐 것입니다. 이것은 산의 명령이 아니라 화자의 내면에서 울려 나오는 소리일 것입니다. 자연 속에서 순리대로, 욕심 부리지 않고 살고자 하는 화자의 바람이 담긴 의지의 표현인 것입니다.

활동

1 「산이 날 에워싸고」에서 "그믐달처럼 사위어지는 목숨/그믐달처럼 살아라 한다"를 통해 말하고자 하는 삶의 모습은 무엇인지 추측해 봅시다.

2 「산이 날 에워싸고」는 해방 직후 간행된 『청록집』(1946)에 실려 있습니다. 일제 강점기의 암울한 현실과 관련지어 생각할 때, 화자가 자연 속에서 살고자 했던 이유는 무엇인지 생각해 봅시다.

향수(鄕愁)

넓은 벌 동쪽 끝으로
옛이야기 지줄대는 실개천이 회돌아 나가고,
얼룩빼기 황소가
해설피 금빛 게으른 울음을 우는 곳,

— 그곳이 차마 꿈엔들 잊힐 리야.

질화로에 재가 식어지면
비인 밭에 밤바람 소리 말을 달리고,
엷은 졸음에 겨운 늙으신 아버지가
짚베개를 돋아 고이시는 곳,

— 그곳이 차마 꿈엔들 잊힐 리야.

흙에서 자란 내 마음
파아란 하늘빛이 그리워
함부로 쏜 화살을 찾으러
풀섶 이슬에 함추름 휘적시던 곳,

• **지줄대는** 다정하고 나긋나긋한 소리를 내는.
• **회돌아** '휘돌아'보다 어감이 작은 말. 한자 회(回)가 결합된 말로 보기도 함.
• **해설피** 해가 설핏 기울어 그 빛이 약해진 모양.

―그곳이 차마 꿈엔들 잊힐 리야.

전설(傳說) 바다에 춤추는 밤물결 같은
검은 귀밑머리 날리는 어린 누이와
아무렇지도 않고 예쁠 것도 없는
사철 발 벗은 아내가
따가운 햇살을 등에 지고 이삭 줍던 곳,

　　―그곳이 차마 꿈엔들 잊힐 리야.

하늘에는 석근 별
알 수도 없는 모래성으로 발을 옮기고,
서리 까마귀 우지짖고 지나가는 초라한 지붕,
흐릿한 불빛에 돌아앉아 도란도란거리는 곳,

　　―그곳이 차마 꿈엔들 잊힐 리야.

• **함추름** '함초롬'의 사투리. 담뿍 젖어 촉촉하게.
• **석근** 성근. 사이가 뜬. 촘촘하지 않은.
• **서리 까마귀** 찬 서리가 내리는 가을철의 까마귀. 혹은 서리 맞은 까마귀.
• **우지짖고** 울어 지저귀고.

이 시에서 화자가 떠올리는 고향의 모습은 마치 한 폭의 그림처럼 감각적으로 펼쳐집니다. 고향의 풍경, 늙으신 아버지, 어린 시절의 추억, 그 시절의 어린 누이와 아내, 가족이 함께 도란도란 이야기 나누던 밤. 이 모두 화자가 떠올리는 그리운 고향의 모습입니다. 고향은 태어나서 자란 곳이라는 사전적 의미를 넘어, 많은 문학 작품에서 존재의 근원, 마음의 안식처 등의 의미로 사용됩니다. 고향에 대한 화자의 그리움은 "그곳이 차마 꿈엔들 잊힐 리야."라는 문장의 반복을 통해 더욱 간절하게 전해집니다.

활동

1 「향수」에서 고향의 모습을 감각적으로 되살리는 역할을 하는 소재를 찾아봅시다.

2 「향수」는 일제 강점기 때 창작된 작품입니다. 시대적 현실과 관련지어 '고향'의 의미를 생각해 봅시다.

외할머니의 뒤안 툇마루

● 서정주

외할머니네 집 뒤안에는 장판지 두 장만큼 한 먹오딧빛 툇마루가 깔려 있습니다. 이 툇마루는 외할머니의 손때와 그네 딸들의 손때로 날이 날마다 칠해져 온 것이라 하니 내 어머니의 처녀 때의 손때도 꽤나 많이는 묻어 있을 것입니다마는, 그러나 그것은 하도나 많이 문질러서 인제는 이미 때가 아니라, 한 개의 거울로 번질번질 닦이어져 어린 내 얼굴을 들이비칩니다.

그래, 나는 어머니한테 꾸지람을 되게 들어 따로 어디 갈 곳이 없이 된 날은, 이 외할머니네 때 거울 툇마루를 찾아와, 외할머니가 장독대 옆 뽕나무에서 따다 주는 오디 열매를 약으로 먹어 숨을 바로 합니다. 외할머니의 얼굴과 내 얼굴이 나란히 비치어 있는 이 툇마루에까지는 어머니도 그네 꾸지람을 가지고 올 수 없기 때문입니다.

• **장판지** 방바닥을 바르는 데 쓰는 마감용 종이.
• **툇마루** 각 방과 대청을 연결하여 마당 쪽으로 낸 마루.

외할머니, 먹오딧빛 툇마루, 장독대, 뽕나무, 오디 열매……. 이 시에 쓰인 소재를 하나씩 되뇌다 보면 화자의 유년 시절 한 장면이 어느새 머릿속에 그려집니다. 어머니의 꾸지람을 피해 찾아간 외할머니 댁, 뒤안 툇마루에 앉아 외할머니께서 주시는 오디 열매를 먹으며 숨을 고르던 어린 '나'. 화자에게는 그 시절이 바로 지금인 것처럼 선명하게 떠오릅니다. 그리고 아마도 그 툇마루에서 마음의 안식을 찾았던 경험은 어린 시절 화자만의 것은 아니었을 것입니다. 외할머니, 어머니, 이모, 모두 그곳에 있었습니다. 그렇게 지난 시간들의 추억이 외할머니의 뒤안 툇마루에 아련하게 남아 있습니다.

활동

1 「외할머니의 뒤안 툇마루」에서 외할머니의 뒤안 툇마루가 '때 거울'이 된 이유는 무엇인지 추측해 봅시다.

2 「외할머니의 뒤안 툇마루」의 화자에게 '툇마루'는 어떤 의미를 갖는 공간일지 생각해 봅시다.

자화상

산모퉁이를 돌아 논가 외딴 우물을 홀로 찾아가선 가만히 들여다봅니다.

우물 속에는 달이 밝고 구름이 흐르고 하늘이 펼치고 파아란 바람이 불고 가을이 있습니다.

그리고 한 사나이가 있습니다.
어쩐지 그 사나이가 미워져 돌아갑니다.

돌아가다 생각하니 그 사나이가 가엾어집니다. 도로 가 들여다보니 사나이는 그대로 있습니다.

다시 그 사나이가 미워져 돌아갑니다.
돌아가다 생각하니 그 사나이가 그리워집니다.

우물 속에는 달이 밝고 구름이 흐르고 하늘이 펼치고 파아란 바람이 불고 가을이 있고 추억처럼 사나이가 있습니다.

이 시의 화자는 홀로 우물 속을 가만히 들여다봅니다. 과연 무엇이
보였을까요? 우물에 비친 것은 바로 화자 자신의 얼굴입니다. 이 시
의 화자는 '우물'을 들여다보는 행위를 통해 자기 자신에 대해 성찰하
고 있습니다. 우물 속을 들여다보다 외면하고, 다시 들여다보는 행위
는 자신이 미웠다가 가여웠다가, 그러다 다시 미워지고 그리워진다
는 뒤섞인 감정과도 매우 밀접하게 연관되어 있습니다. 자신에 대한
이런 복잡한 감정은 아마도 윤동주 시인이 처한 암담한 시대 현실에
서 비롯된 것일 겁니다. 어두운 식민지 현실 속에서 어떤 삶을 살아
야 하는지에 대한 시인의 고뇌가 느껴지는 시입니다.

 활동

1 「자화상」의 시상 전개 방식에 대해 생각해 봅시다.

2 「자화상」에서 화자가 내적 갈등을 겪고 있다는 것을 어떤 방식으로 형상화하고 있는
  지 말해 봅시다.

거울

● 이상

거울속에는소리가없소
저렇게까지조용한세상은참없을것이오

거울속에도내게귀가있소
내말을못알아듣는딱한귀가두개나있소

거울속의나는왼손잡이오
내악수(握手)를받을줄모르는—악수를모르는왼손잡이오

거울때문에나는거울속의나를만져보지를못하는구려마는
거울아니었던들내가어찌거울속의나를만나보기만이라도했
겠소

나는지금거울을안가졌소마는거울속에는늘거울속의내가있소
잘은모르지만외로된사업에골몰할게요

거울속의나는참나와는반대요마는
또꽤닮았소
나는거울속의나를근심하고진찰할수없으니퍽섭섭하오

나는 누구인가? 이 시의 화자는 거울에 자신을 비춰 보며 질문의 답을 찾고자 합니다. 그런데 거울 속의 '나'는 내 말을 알아듣지 못합니다. 거울이란 물건이 그렇습니다. 거울 속의 '나'는 볼 수는 있지만 만질 수는 없습니다. 게다가 거울 속의 '나'는 나와 꽤 닮았으나 거울 밖의 '나'와는 정반대로 비칩니다. 그래서 거울 속에는 '나'이지만 내가 아닌 것만 같은 낯선 '나'가 존재합니다. '나'는 낯선 '나'와의 화해를 시도하지만, "외로된사업에골몰"하는 낯선 '나'는 악수를 모릅니다. 분명히 '나'이지만 나에게도 낯선 내 안의 '나'에 대해, 시인은 가깝게 느껴지지만 결국 잡을 수 없는 거울 속 '나'를 통해 이야기하고 있습니다.

활동

1 「거울」에서 자아 성찰의 매개체는 무엇인지 찾아봅시다.

2 「거울」의 3연에서 "내악수를받을줄모르는"이라고 말한 이유가 무엇인지 생각해 봅시다.

들기

● 이해인

귀로 듣고
몸으로 듣고
마음으로 듣고
전인적인 들음만이
사랑입니다

모든 불행은
듣지 않음에서 시작됨을
모르지 않으면서
잘 듣지 않고
말만 많이 하는
비극의 주인공이
바로 나였네요

아침에 일어나면
나에게 외칩니다

들어라
들어라
들어라

하루의 문을 닫는
한밤중에
나에게 외칩니다

들었니?
들었니?
들었니?

감상
길잡이

이 시의 화자는 아침과 한밤중, 스스로에게 외치는 말을 반복하여 들려줍니다. 아침이면 "들어라"라고 스스로에게 당부하며 하루를 시작합니다. 모든 일과가 끝난 한밤중에는 "들었니?"라고 스스로에게 물으며 하루를 반성합니다. 이를 통해 우리는 화자가 가장 중요하게 생각하는 것이 '듣기'임을 알 수 있습니다. 이 시에는 듣는다는 것이 중요함을 알면서도, 남의 말을 듣지 않고 내 말만 많이 하는 스스로에 대한 반성이 담겨 있습니다. 그래서 아침과 한밤중 스스로에게 외치는 말은 스스로에게 울리는 경종이자 스스로를 깨우치는 성찰의 목소리입니다.

활동

1 「듣기」에서 "들어라"와 "들었니?"를 반복하고 있는 이유를 생각해 봅시다.

2 「듣기」의 화자처럼 아침과 저녁 자기 자신에게 외치고 싶은 말이 있다면 무엇인지 적어 봅시다.

내가 사랑하는 사람

● 정호승

나는 그늘이 없는 사람을 사랑하지 않는다
나는 그늘을 사랑하지 않는 사람을 사랑하지 않는다
나는 한 그루 나무의 그늘이 된 사람을 사랑한다
햇빛도 그늘이 있어야 맑고 눈이 부시다
나무 그늘에 앉아
나뭇잎 사이로 반짝이는 햇살을 바라보면
세상은 그 얼마나 아름다운가

나는 눈물이 없는 사람을 사랑하지 않는다
나는 눈물을 사랑하지 않는 사람을 사랑하지 않는다
나는 한 방울 눈물이 된 사람을 사랑한다
기쁨도 눈물이 없으면 기쁨이 아니다
사랑도 눈물 없는 사랑이 어디 있는가
나무 그늘에 앉아
다른 사람의 눈물을 닦아 주는 사람의 모습은
그 얼마나 고요한 아름다움인가

햇빛과 그늘, 기쁨과 눈물. 여러분이라면 어떤 것을 선택하고 싶으신 가요? 이 시의 화자는 "그늘이 없는 사람을 사랑하지 않는다", "그늘을 사랑하지 않는 사람을 사랑하지 않는다"라고 말합니다. 1연의 "그늘이 없는 사람"을 2연의 "눈물이 없는 사람"과 연관 지어 생각해 보면, 삶의 고통, 시련 등 어두운 면을 경험하지 않은 사람이라 생각해 볼 수 있습니다. 화자가 사랑하는 사람은 삶의 명암을 통해 세상의 아름다움을 보는 사람입니다. 삶은 그늘과 햇빛, 기쁨과 눈물이 모두 함께한다는 점을 스스로의 삶 속에서 알고 있는 사람입니다. 그런 사람만이 타인의 눈물도 진심으로 닦아 줄 수 있을 것입니다. 이 시의 화자는 그런 사람을 사랑합니다.

활동

1 「내가 사랑하는 사람」에서 "눈물이 없는 사람을 사랑하지 않는다"의 의미가 무엇인지 말해 봅시다.

2 「내가 사랑하는 사람」에서 화자가 사랑하는 사람은 어떤 사람인지 생각해 봅시다.

엄마 걱정

● 기형도

열무 삼십 단을 이고
시장에 간 우리 엄마
안 오시네, 해는 시든 지 오래
나는 찬밥처럼 방에 담겨
아무리 천천히 숙제를 해도
엄마 안 오시네, 배추 잎 같은 발소리 타박타박
안 들리네, 어둡고 무서워
금 간 창틈으로 고요히 빗소리
빈방에 혼자 엎드려 훌쩍거리던

아주 먼 옛날
지금도 내 눈시울을 뜨겁게 하는
그 시절, 내 유년의 윗목

이 시의 화자는 유년 시절 어머니를 기다리던 밤을 떠올립니다. 열무 삼십 단을 이고 시장에 가신 어머니를 기다리는 밤은 무서웠습니다. "찬밥처럼 방에 담겨" 언제 오시나 발소리에 귀 기울여 보았지만 고요한 빗소리만 들릴 뿐이었습니다. 어머니는 왜 돌아오지 못하고 계신 걸까요? 아마도 열무 삼십 단이 다 팔리지 않아서였겠지요. 생계를 위해서는 열무를 팔아야 하는데, 집에 혼자 있을 어린 자식이 걱정되어 어머니의 마음도 무거웠을 것입니다. "타박타박" 지친 발소리를 내며 돌아오실 어머니의 삶의 무게가 느껴집니다. 그 시절 어머니에 대한 화자의 기억은 차가운 "윗목"의 감각으로 남아, 눈시울을 뜨겁게 합니다.

 활동

1 「엄마 걱정」에서 '찬밥'과 '윗목'은 어떤 분위기를 형성하고 있는지 생각해 봅시다.

2 「엄마 걱정」의 화자에게 유년 시절은 어떻게 기억되고 있는지 말해 봅시다.

너를 기다리는 동안

네가 오기로 한 그 자리에
내가 미리 가 너를 기다리는 동안
다가오는 모든 발자국은
내 가슴에 쿵쿵거린다
바스락거리는 나뭇잎 하나도 다 내게 온다
기다려 본 적이 있는 사람은 안다
세상에서 기다리는 일처럼 가슴 애리는 일 있을까
네가 오기로 한 그 자리, 내가 미리 와 있는 이곳에서
문을 열고 들어오는 모든 사람이
너였다가
너였다가, 너일 것이었다가
다시 문이 닫힌다
사랑하는 이여
오지 않는 너를 기다리며
마침내 나는 너에게 간다
아주 먼 데서 나는 너에게 가고
아주 오랜 세월을 다하여 너는 지금 오고 있다
아주 먼 데서 지금 천천히 오고 있는 너를
너를 기다리는 동안 나도 가고 있다
남들이 열고 들어오는 문을 통해

내 가슴에 쿵쿵거리는 모든 발자국 따라
너를 기다리는 동안 나는 너에게 가고 있다.

착어(着語): 기다림이 없는 사랑이 있으랴. 희망이 있는 한, 희망을
있게 한 절망이 있는 한, 내 가파른 삶이 무엇인가를 기다리게 한다.
민주, 자유, 평화, 숨결 더운 사랑. 이 늙은 낱말들 앞에 기다리기만
하는 삶은 초조하다. 기다림은 삶을 녹슬게 한다. 두부 장수의 핑경
소리가 요즘은 없어졌다. 타이탄 트럭에 채소를 싣고 온 사람이 핸드
마이크로 아침부터 떠들어 대는 소리를 나는 듣는다. 어디선가 병원
에서 또 아이가 하나 태어난 모양이다. 젖소가 제 젖꼭지로 그 아이를
키우리라. 너도 이 녹 같은 기다림을 네 삶에 물들게 하리라.

• **착어** 석가모니의 말과 행동에 대해 붙이는 짤막한 평. 여기서는 이 시에 붙이는 평.
• **핑경** 처마 끝에 매달아 소리를 내는 '풍경'의 사투리인데, 여기서는 두부 장수가 골목을 다니면
   서 두부를 사라고 울리는 작은 종을 뜻함.

이 시의 화자는 '너'를 기다리고 있습니다. 발자국 소리가 들릴 때마다, 문이 열릴 때마다, 혹시 '너'인가 싶어 가슴은 두근거리고 문에서 눈을 뗄 수 없습니다. 그러나 "너였다가/너였다가, 너일 것이었다가" 다시 닫히는 문을 보며 '너'가 오지 않았음을 실감합니다. 이런 기다림의 순간을 경험해 본 적이 있나요? 그때의 낙담을 알고 있나요? 하지만 화자는 이 순간, 기다림의 태도를 변화시킵니다. '너'가 오기만을 바라고 있는 것은 화자가 선택한 기다림의 방법이 아닙니다. 화자의 기다림은 '너'가 아주 먼 데서 천천히 오고 있으리라 생각하며 "너를 기다리는 동안 나도 가고 있"는 것입니다. 기다림이 없는 사랑은 없습니다.

활동

1 「너를 기다리는 동안」에서 기다리는 일에 대한 화자의 태도가 변화하는 부분을 찾아 봅시다.

2 「너를 기다리는 동안」은 1980년대에 창작되었습니다. 시대적 배경을 고려하여, '착어'를 바탕으로 '너'의 의미를 생각해 봅시다.

정읍사(井邑詞)

● 어느 행상인의 아내

달하, 높이곰 돋으샤

어기야 머리곰 비춰오시라

어기야 어강됴리

아으 다롱디리

저재 녀러신고요?

어기야 진 데를 디디올세라

어기야 어강됴리

어느이다 노코시라

어기야 내 가는 데 점그랄세라

어기야 어강됴리

아으 다롱디리

현대어 풀이

달님이시여, 높이높이 돋으시어

멀리멀리 비추어 주소서.

- **달하** 달님이시여.
- **높이곰** 높이높이.
- **머리곰** 멀리멀리.
- **어기야 어강됴리/아으 다롱디리** 리듬을 맞추기 위한 후렴구로, 별다른 뜻이 없음.
- **저재 녀러신고요?** 저자(시장)에 가 계신가요?
- **진 데** 위험한 곳. 또는 유혹이 있는 곳.
- **디디올세라** 디딜까 두렵습니다.
- **어느이다 노코시라** 어느 곳에나 놓으십시오.
- **점그랄세라** 저물까 두렵습니다.

시장에 가 계신가요?

위험한 곳을 디딜까 두렵습니다.

어느 곳에나 (짐을) 놓으십시오.

당신 가시는 곳에 (날이) 저물까 두렵습니다.

가시리

● 지은이 모름

가시리 가시리잇고 나난
버리고 가시리잇고 나난
위 증즐가 태평성대

날러는 어찌 살라 하고
버리고 가시리잇고 나난
위 증즐가 태평성대

잡사와 두어리마나난
선하면 아니 올세라
위 증즐가 태평성대

설온 님 보내옵나니 나난
가시난 닷 도셔오소서 나난
위 증즐가 태평성대

- **가시리** '가시리잇고'의 준말. '가시렵니까?'의 의미.
- **나난** 율격을 맞추고 흥을 돋우기 위해 넣은 어구.
- **위 증즐가 태평성대** 율격을 맞추기 위해 넣은 의미 없는 후렴구.
- **잡사와 두어리마나난** 붙잡아 두고 싶지마는.
- **선하면** 토라지면. 서운하면.
- **올세라** 올까 두렵습니다.
- **설온** 서러운.
- **가시난 닷** 가시자마자.
- **도셔오소서** 돌아오소서.

감상
길잡이

사랑하는 사람과 함께하지 못할 때의 마음을 어떻게 표현할 수 있을
까요?「정읍사」의 화자는 멀리 떠난 당신을 기다리고 있습니다. 혹시
당신에게 안 좋은 일이 생길까 마음 졸이고 있습니다. 그래서 무사히
돌아오기를 바라는 마음을 담아 달에게 "높이곰 돋으샤/어기야 머리
곰 비취오시라" 빌어 봅니다.「가시리」의 화자는 이별을 앞두고 있습
니다. 그런데 떠나는 임을 붙잡지도 못합니다. "날러는 어찌 살라 하
고" 하소연도 해 보지만, 결국 할 수 있는 말은 "가시난 닷 도셔오소
서" 이것뿐입니다. 당신에 대한 그리운 마음, 사랑하는 마음을 이렇
게밖에 표현하지 못하는 사랑도 있습니다.

 활동

1 「정읍사」에서 '달'이 상징하는 것은 무엇인지 말해 봅시다.

2 「가시리」에서 화자는 이별에 대해 어떤 태도를 보이는지 생각해 봅시다.

오우가(五友歌)

● 윤선도

내 벗이 몇이나 하니 수석(水石)과 송죽(松竹)이라
동산에 달 오르니 그 더욱 반갑고야
두어라 이 다섯밖에 또 더하여 무엇하리

구름 빛이 좋다 하나 검기를 자로 한다
바람 소리 맑다 하나 그칠 적이 하노매라
좋고도 그칠 뉘 없기는 물뿐인가 하노라

꽃은 무슨 일로 피면서 쉬이 지고
풀은 어이하여 푸르는 듯 누르나니
아마도 변치 않을손 바위뿐인가 하노라

더우면 꽃 피고 추우면 잎 지거늘
솔아 너는 어찌 눈서리를 모르는다
구천(九泉)에 뿌리 곧은 줄을 그로 하여 아노라

• 오우 다섯 명의 벗. 여기서는 물(水), 돌(石), 소나무(松), 대나무(竹), 달(月)을 말함.
• 좋다 하나 깨끗하다 하나. 여기서 '좋다'는 '깨끗하다'는 뜻임.
• 자로 자주.
• 하노매라 많구나.
• 그칠 뉘 그칠 때.
• 변치 않을손 변치 않는 것은.
• 구천 땅속 깊은 밑바닥.
• 모르는다 모르느냐.

나무도 아닌 것이 풀도 아닌 것이
곧기는 뉘 시키며 속은 어이 비었는가
저렇고 사시(四時)에 푸르니 그를 좋아하노라

작은 것이 높이 떠서 만물을 다 비추니
밤중의 광명이 너만 한 이 또 있느냐
보고도 말 아니 하니 내 벗인가 하노라

• **뉘 시키며** 누가 시켰으며.
• **사시** 사계절.

「오우가」는 '물, 바위, 소나무, 대나무, 달'을 다섯 친구로 의인화하여 쓴 조선 시대 연시조입니다. 화자는 첫 연에서 다섯 친구와 함께라면 족하다는 여유로운 삶의 자세를 보여 줍니다. 다섯 친구가 그렇게 좋은 이유는 무엇일까요? '물'의 깨끗하고 그치지 않고 흐르는 점, '바위'의 변치 않는 점, '소나무'의 변하지 않고 깊은 땅속까지 곧게 뻗은 점, '대나무'의 사시사철 변하지 않고 푸르른 점, 그리고 마지막으로 '달'의 어둠 속에서도 빛나며 세상 온갖 것을 보고도 입 밖에 내지 않는 점을 칭찬하고 있습니다. 이러한 다섯 벗의 덕성은 조선 시대 선비가 지켜야 할 고결한 정신을 반영한 것이라고도 볼 수 있을 것입니다.

활동

1 「오우가」에서 '다섯 벗'이 가지고 있는 덕성을 바탕으로, '벗'을 통해 말하고자 한 것은 무엇인지 생각해 봅시다.

2 「오우가」에 나타난 자연에 대한 화자의 태도를 말해 봅시다.

3부

대상을 어떻게
드러내는가

여는 글

매일 보던 익숙한 풍경이 갑자기 낯설게 보이거나 평소에 지나치던 사물이 문득
마음에 말을 걸어온 적이 있나요? 시인은 대상을 다른 방식으로 말하는 사람이
기 전에 다른 방식으로 보는 사람이기도 합니다. 우리는 생활의 필요와 효율을
위해 익숙한 방식으로 대상을 바라보고 사물을 분류합니다. 이와 달리 시인은 대
상에 대한 익숙한 시선을 벗겨 내고 그 자체로 바라보거나, 관습에 의해 가려져
있던 사물의 다른 측면을 드러내 보이려고 합니다. 때로는 세상에서 소외되어 있
거나 경계 밖으로 내쳐져 있는 것들에 관심을 두고 새로운 관점에서 대상을 발견
하기도 하지요. 그래서 우리는 시를 읽으면서 이전에 알았던 것과는 다른 세계를
만나 새로운 발견과 성찰을 얻게 됩니다. 시는 우리에게 세상을 보는 또 하나의
눈을 선사해 줍니다.

비

● 정지용

돌에
그늘이 차고,

따로 몰리는
소소리바람.

앞섰거니 하여
꼬리 치날리어 세우고,

종종 다리 까칠한
산새 걸음걸이.

여울지어
수척한 흰 물살,

갈갈이
손가락 펴고.

- **소소리바람** 살 속으로 스며드는 듯한 차고 음산한 바람.
- **치날리어** '날리어'의 강조형.
- **여울지어** 여울을 이루어. 여울은 강이나 바다의 바닥이 얕거나 폭이 좁아 물살이 세게 흐르는 곳.
- **수척한** 몸이 야위고 마른 듯한. 여기서는 물이 줄어든 상태를 의미함.

멎은 듯
새삼 듣는 빗낱,

붉은 잎 잎
소란히 밟고 간다.

• **빗낱** 빗방울.
• **소란히** 시끄럽고 어수선하게.

비가 막 내리기 시작하는 장면을 유심히 바라본 적이 있나요? 구름이 몰려와 그늘이 지고 바람이 불기 시작하면서 빗방울이 하나둘 떨어지기 시작하지요. 정지용 시인은 바로 그 빗방울의 모습을 종종거리는 산새 걸음걸이에 비유하고 있습니다. 갑자기 고인 빗물이 흰 물살을 이루며 여러 갈래로 흘러가는 모습은 쫙 편 손가락과 비슷해 보이지 않나요? 비가 멎었나 싶었는데 다시 빗방울이 후드득 듣기 시작하면 잎에 떨어지는 빗소리가 요란하지요. 한 편의 시는 사소한 풍경을 이처럼 낯설고도 인상적인 장면으로 잡아내 우리 앞에 펼쳐 보입니다.

활동

1 「비」를 시간의 흐름에 따라 네 부분으로 나누어 보고, 각 부분의 중심 내용을 정리해 봅시다.

2 「비」에서 중의적으로 사용된 시어를 찾아보고, 각각의 의미에 따라 시의 분위기가 어떻게 달라지는지 생각해 봅시다.

울타리 밖

● 박용래

머리가 마늘쪽같이 생긴 고향의 소녀와
한여름을 알몸으로 사는 고향의 소년과
같이 낯이 설어도 사랑스러운 들길이 있다

그 길에 아지랑이가 피듯 태양이 타듯
제비가 날듯 길을 따라 물이 흐르듯 그렇게
그렇게

천연(天然)히

울타리 밖에도 화초를 심는 마을이 있다
오래오래 잔광(殘光)이 눈부신 마을이 있다
밤이면 더 많이 별이 뜨는 마을이 있다.

• **천연히** 생긴 그대로 조금도 꾸밈이 없이.
• **잔광** 해가 질 무렵의 약한 햇빛.

감상
길잡이

이 시에서 시인은 고향의 마을을 그려 보입니다. 예쁘고 야무진 소녀와 천진한 소년이 살고 있는 마을, 사랑스러운 들길이 펼쳐져 있고 울타리 밖에도 화초를 심는 그런 마을입니다. 2연의 비유를 보면 이마을은 모든 것이 자연의 일처럼 평화롭고 조화롭게 흘러가는 곳인것 같습니다. 그래서인지 태양빛도 더 오래오래 눈부시게 남아 있고 밤하늘의 별도 더 많이 뜨나 봅니다. 이처럼 따뜻하고 아름다운 마을이 정말로 존재할까요? 이 마을은 아마도 시인의 기억 속에 살아 있는 유년의 고향, 현실이라는 울타리 밖에 존재하는 마음속의 이상적 마을일 것입니다.

활동

1 「울타리 밖」 3연에서 하나의 시어를 독립적인 연으로 구성한 이유가 무엇인지 말해 봅시다.

2 「울타리 밖」에서 반복되는 문장 구조를 찾아보고, 그것의 효과에 대해 생각해 봅시다.

신(神)의 방

• 김선우

　이런 돼지가 살았다지요 반들거리는 검은 털에 날렵한 주둥이를 가진, 유난히 흙의 온기를 좋아하여 흙이랑 노는 일을 제일로 즐거워했다는군요 기른다는 것이 실은 서로 길드는 것이어서 이 지방 사람들은 통시라는 거처를 마련했다지요 인간의 배변 장소와 돼지우리가 함께 있는 아주 재미난 방인 셈인데요 지붕을 덮지 않은 널찍한 호를 파고 지푸라기 조금 깔아 준 방 안에서 이 짐승은 눈비 맞고 흙과 똥과 뒹굴면서 비바람 햇볕을 고스란히 살 속에 아로새기게 되었다는데요 음식물 찌꺼기며 설거지물까지 버릴 것 없이 모아 둔 큰 독 속에서 한때 빛나던 것들이 제 힘으로 다시 빛날 때 발효한 이 먹이를 돼지가 먹고 돼지의 배설물은 보리밭 거름으로 이쁜 보리들을 길렀다는데요 그래도 이 짐승의 주식이 사람의 똥이었던 것은 생명은 생명에게 공양되는 법이라 행여 남아 있을 산 것들의 온기가 더럽고 하찮은 것으로 취급될까 두려운 때문이 아니었는지 몰라

　나라의 높은 분이 보기에 미개하여 시멘트 네 포대씩 무상 지급한 때가 있었다는데요 문명국의 지표인 변소를 개량하라 다 그쳤다는데요 흔적이나마 통시가 아직 남아 내 몸속의 방을 향해 손 내밀어 주는 것은, 똥 누고 먹는 일이 한가지로 행해지는 그곳을 신이 거주하는 장소라 여긴 하늘 가까운 섬사람들이 있었기 때문입니다

감상
길잡이

이 시는 뒷간과 돼지우리가 합쳐진 제주도의 전통 화장실 '통시'를 시의 대상으로 삼고 있습니다. 좀처럼 시의 소재가 되기 어려울 것 같은 '통시'를 가져와 재미있는 이야기로 풀어내고 있지요. 사람의 배설물에 남아 있는 영양분을 돼지가 먹고, 돼지의 배설물에 남아 있는 영양분을 보리가 취하는 이 아름다운 순환의 '통시'에서, 시인은 "산 것들의 온기"를 귀하게 대접하는 삶의 지혜를 발견합니다. 서로 길들이며 주고받는 이 순환의 삶이야말로 문명화보다 소중한 공동체의 가치가 아닐까요?

활동

1 「신의 방」에서 "생명은 생명에게 공양되는 법"이라는 말이 무엇을 뜻하는지 말해 봅시다.

2 「신의 방」에서 '통시'를 "신의 방"이라고 말한 이유가 무엇인지 생각해 봅시다.

국화 옆에서

● 서정주

한 송이의 국화꽃을 피우기 위해
봄부터 소쩍새는
그렇게 울었나 보다

한 송이의 국화꽃을 피우기 위해
천둥은 먹구름 속에서
또 그렇게 울었나 보다

그립고 아쉬움에 가슴 조이던
머언먼 젊음의 뒤안길에서
인제는 돌아와 거울 앞에 선
내 누님같이 생긴 꽃이여

노오란 네 꽃잎이 피려고
간밤엔 무서리가 저리 내리고
내게는 잠도 오지 않았나 보다

• 무서리 늦가을에 처음 내리는 묽은 서리.

감상
길잡이

우리는 꽃이 피고 지는 일을 대수롭지 않게 보아 넘깁니다. 그런데 시인은 한 송이의 국화꽃이 피어나는 일에 우주 전체가 숨죽이고 참여해 왔음을 노래합니다. 봄에 소쩍새가 운 것도, 여름내 천둥이 울어 댄 것도, 가을밤 무서리가 내린 것도 모두 한 송이의 국화꽃을 피우기 위한 우주의 몸살이었다는 것이지요. 한 송이의 국화꽃이 견뎌 낸 기다림의 시간은 누님이 통과해 온 고되고 힘들었을 성숙의 시간을 의미합니다. 이 시는 한 존재가 성숙하기까지 전 우주의 손길과 정성이 닿아 있다는 사실, 누구나 지금 이 자리에서 한 송이의 경이로운 꽃이라는 사실을 알려 줍니다.

 활동

1 「국화 옆에서」에서 생이 원숙한 아름다움에 도달하기 위해 거쳐야 하는 고뇌와 시련을 의미하는 소재를 찾아봅시다.

2 자신의 일상에서 하나의 소재를 선택하여 이 시의 형식을 모방하여 한 편의 시를 써 봅시다.

대추 한 알

● 장석주

저게 저절로 붉어질 리는 없다.
저 안에 태풍 몇 개
저 안에 천둥 몇 개
저 안에 벼락 몇 개

저게 저 혼자 둥글어질 리는 없다.
저 안에 무서리 내리는 몇 밤
저 안에 땡볕 두어 달
저 안에 초승달 몇 낱

내 앞에 놓인 작고 사소한 사물 하나가 여기에 오기까지 거쳐 온 시간과 경로를 상상해 본 적이 있나요? 시인은 그러한 상상력으로 대추 한 알이 붉어지기까지, 둥글어지기까지 얼마나 많은 시간과 에너지가 있어야 했는지 떠올려 봅니다. 그것은 저절로 되는 일도 아니고 혼자서 되는 일도 아니라는 것이지요. 태풍, 천둥, 벼락부터 무서리와 땡볕과 초승달에 이르기까지 정말로 많은 것들이 대추 한 알에 들어 있습니다. 대추 한 알이 있기까지 온 세상이 다 관여했다면, 지금 여기의 내가 존재하기까지는 얼마나 많은 것들이 함께했던 것일까요?

 활동

1 「대추 한 알」의 반복 구조를 분석해 보고, 그것의 효과에 대해 말해 봅시다.

2 주변에 있는 사물을 하나 골라, 그것이 지금 내 앞에 오기까지의 시간을 상상하며 그 사물 안에 들어 있을 것들을 나열해 봅시다.

쌀

● 정일근

서울은 나에게 쌀을 발음해 보세요, 하고 까르르 웃는다
또 살을 발음해 보세요, 하고 까르르까르르 웃는다
나에게는 쌀이 살이고 살이 쌀인데 서울은 웃는다
쌀이 열리는 쌀 나무가 있는 줄만 알고 자란 그 서울이
농사짓는 일을 하늘의 일로 알고 살아온 우리의 농사가
쌀 한 톨 제 살점같이 귀중히 여겨 온 줄 알지 못하고
제 몸의 살이 그 쌀로 만들어지는 줄도 모르고
그래서 쌀과 살이 동음동의어라는 비밀 까마득히 모른 채
서울은 웃는다

경상도 사람들은 '쌀'을 '살'이라고 발음합니다. 이는 지역 특성에 의해 정착된 발음의 차이라고 할 수 있지요. 그런데 서울 사람들은 이를 보고 두 발음을 구분하지 못한다고 비웃습니다. 시인은 이 비웃음을 다른 비웃음으로 갚아 줍니다. '쌀'과 '살'을 구분하지 않는 데에는 "쌀과 살이 동음동의어라는 비밀"이 숨겨져 있다고, 서울 사람들은 그 비밀을 까맣게 모른다고 말이지요. 온몸으로 농사를 지어 본 자들만이 쌀 한 톨이 제 살점같이 귀하다는 것, 제 몸의 살이 그 쌀로 만들어진다는 것, 그러니까 '쌀=살'이라는 것을 압니다. 쌀 나무에서 열린 쌀을 슈퍼마켓에서 사 먹는 서울 사람들은 절대 모르는 비밀이지요.

◎ 활동

1 「쌀」에서 시인이 "쌀과 살이 동음동의어"라고 말한 이유가 무엇인지 생각해 봅시다.

2 발음은 같은데 뜻은 다른 두 단어를 찾아보고, 두 단어의 의미가 결국 같다는 자기만의 논리를 만들어 봅시다.

고래를 위하여

● 정호승

푸른 바다에 고래가 없으면
푸른 바다가 아니지
마음속에 푸른 바다의
고래 한 마리 키우지 않으면
청년이 아니지

푸른 바다가 고래를 위하여
푸르다는 걸 아직 모르는 사람은
아직 사랑을 모르지

고래도 가끔 수평선 위로 치솟아 올라
별을 바라본다
나도 가끔 내 마음속의 고래를 위하여
밤하늘 별들을 바라본다

둘 중 하나가 없으면 둘 다 아무 의미가 없는 그런 관계가 있습니다. 시인은 푸른 바다와 고래의 관계가 그렇다고 말합니다. 그리고 청년과 마음속 고래 한 마리의 관계도 그렇다고 말합니다. 청년에게 꼭 있어야 하는 푸른 바다의 고래는 무엇일까요? 그것은 바다보다 더 푸른 청년의 꿈과 이상이겠지요. 푸른 바다가 고래를 위하여 푸르듯, 이 세상은 청년의 꿈과 사랑을 위하여 존재합니다. 밤하늘의 별들을 바라보며 고래보다 더 크고 푸른 꿈 하나를 키우라고, 시인은 지금 바로 여러분에게 이야기하고 있는 것입니다.

1 「고래를 위하여」에서 "마음속에 푸른 바다의/고래 한 마리 키우지 않으면/청년이 아니지"라고 말한 이유가 무엇인지 말해 봅시다.

2 「고래를 위하여」의 " ~가 없으면(않으면) ~가 아니지"라는 문장 구조를 이용하여 대상에 대한 자신의 깨달음을 표현해 봅시다.

원어(原語)

● 하종오

동남아인 두 여인이 소곤거렸다
고향 가는 열차에서
나는 말소리에 귀 기울였다
각각 무릎에 앉아 잠든 아기 둘은
두 여인 닮았다
맞은편에 앉은 나는
짐짓 차창 밖 보는 척하며
한마디쯤 알아들어 보려고 했다
휙 지나가는 먼 산굽이
나무 우거진 비탈에
산그늘 깊었다
두 여인이 잠잠하기에
내가 슬쩍 곁눈질하니
머리 기대고 졸다가 언뜻 잠꼬대하는데
여전히 알아들을 수 없는 외국 말이었다
두 여인이 동남아 어느 나라 시골에서
우리나라 시골로 시집왔든 간에
내가 왜 공연히 호기심 가지는가
한잠 자고 난 아기 둘이 칭얼거리자
두 여인이 깨어나 등 토닥거리며 달래었다

한국말로,

울지 말거레이

집에 다 와 간데이

감상 길잡이

이 시의 화자는 고향 가는 열차에서 두 여인을 관찰하고 있습니다. 나와 같은 한국인이었다면 무심히 지나쳤겠지만 알아들을 수 없는 언어를 사용하는 동남아인이었기에 호기심을 갖게 된 것이겠지요. 우리는 동질적인 집단이라는 틀을 만들고, 그 틀에 맞지 않다는 이유로 누군가를 다른 눈으로 바라보는 경우가 많습니다. "내가 왜 공연히 호기심 가지는가"라는 말에는 그런 자신의 시선에 대한 반성이 담겨 있습니다. 그 순간 깨어난 두 여인이 아이를 달래는 말은 너무나 익숙한 화자의 고향 사투리입니다. 화자는 다른 눈으로 바라보았던 그들도 나와 같은 공간에서 같은 고향 말을 쓰는 공동체의 일원이라는 사실을 깨달았을 것입니다.

활동

1 「원어」에서 두 여인이 어떤 상황에서 외국 말과 한국말을 썼는지 정리해 보고, 시의 제목 '원어'와 관련지어 그 이유를 설명해 봅시다.

	외국 말	한국말
상황		
이유		

2 「원어」에서 두 여인을 바라보는 화자의 태도가 어떻게 변하고 있는지 이야기해 봅시다.

거룩한 식사

● 황지우

나이 든 남자가 혼자 밥 먹을 때
울컥, 하고 올라오는 것이 있다
큰 덩치로 분식집 메뉴표를 가리고서
등 돌리고 라면발을 건져 올리고 있는 그에게,
양푼의 식은 밥을 놓고 동생과 눈 흘기며 숟갈 싸움하던
그 어린것이 올라와, 갑자기 목메게 한 것이다

몸에 한세상 떠 넣어 주는
먹는 일의 거룩함이여
이 세상 모든 찬밥에 붙은 더운 목숨이여
이 세상에서 혼자 밥 먹는 자들
풀어진 뒷머리를 보라
파고다 공원 뒤편 순댓집에서
국밥을 숟가락 가득 떠 넣으시는 노인의, 쩍 벌린 입이
나는 어찌 이리 눈물겨운가

요즘은 '혼밥(혼자 먹는 밥)'이 유행이라고도 합니다. 하지만 이 시의
화자는 혼자 밥을 먹고 있는 남자, 사실은 자기 자신일 수도 있는 그
의 뒷모습에서 살아가야 하는 일의 고단함과 외로움을 읽어 냅니다.
누구에게나 삶에 대해 아무 걱정이 없던 천진한 어린 시절이 있었겠
지요. 나이 먹고 삶에 지쳐 힘겹게 숟가락을 드는 노인에게도 그 천
진한 시절의 "어린것"이 여전히 깃들어 있습니다. 그 어린것으로부
터 지금에 이르기까지 살아온 날들의 아득함이 "울컥" 올라와 목이
멜 때, 우리는 "먹는 일의 거룩함", 목숨을 부지하고 살아가는 일의
눈물겨움에 경건한 연민을 느끼게 됩니다.

활동

1 「거룩한 식사」에서 "울컥, 하고 올라오는 것"이 무엇인지 생각해 보고, 그것이 어떻
게 "먹는 일의 거룩함"과 관련되는지 이야기해 봅시다.

2 「거룩한 식사」의 화자가 자신의 정서를 드러내는 방식이 어떠한지 말해 봅시다.

묏버들 가려 꺾어

● 홍랑

묏버들 가려 꺾어 보내노라 님의 손에
자시는 창밖에 심어 두고 보소서
밤비에 새잎이 나거든 날인가도 여기소서

- **묏버들** 산버들.
- **자시는** 주무시는.
- **날인가도** 나인가도.

눈 맞아 휘어진 대를

● 원천석

눈 맞아 휘어진 대를 뉘라서 굽다던고
굽을 절(節)이면 눈 속에 푸를쏘냐
아마도 세한고절(歲寒高節)은 너뿐인가 하노라

• **굽다던고** 굽었다고 하던가.
• **굽을 절이면** 굽을 절개이면.
• **세한고절** 한겨울 매서운 추위도 이기는 높은 절개.

감상 길잡이

어떤 경우에는 직접적인 말이나 행동보다 단순한 사물 하나가 내 마음을 더 잘 드러내 주기도 합니다. 멀리 떨어져 있는 임에게 보낸 버드나무 가지는 사랑하는 임의 곁에 있고 싶다는 간절한 마음의 표현이 되고(「묏버들 가려 꺾어」), 눈 속에 푸른 대나무는 변치 않는 절개를 지키겠다는 고결한 의지의 표현이 됩니다(「눈 맞아 휘어진 대를」). 이때 버드나무 가지에는 새로 피어난 잎처럼 자신을 반겨 달라는 소망이 담겨 있고, 대나무에는 어떤 회유에도 자신의 신념을 꺾지 않겠다는 지조가 반영되어 있습니다. 이처럼 어떤 사물에 화자의 감정이나 생각이 이입되면 그것은 특별한 시적 대상이 됩니다.

활동

1 「묏버들 가려 꺾어」에서 화자 자신과 동일시하고 있는 대상을 모두 찾아봅시다.

2 「눈 맞아 휘어진 대를」에서 색채의 대비를 이루고 있는 두 시어를 찾고, 그것의 상징적 의미에 대해 말해 봅시다.

상춘곡(賞春曲)

속세에 묻힌 분들, 이내 생애 어떠한가.

옛사람 풍류에 미칠까 못 미칠까.

이 세상 남자 몸이 나만 한 이 많건마는

자연에 묻혀 산다고 즐거움을 모르겠는가.

초가집 몇 칸을 푸른 시내 앞에 두고

송죽(松竹) 울창한 곳에 자연의 주인 되었구나.

엊그제 겨울 지나 새봄이 돌아오니

복숭아꽃, 살구꽃은 석양에 피어 있고

푸른 버들, 향긋한 풀은 가랑비에 푸르도다.

칼로 재단했는가, 붓으로 그려 냈는가.

조물주의 솜씨가 사물마다 신비롭구나.

수풀에 우는 새는 봄 흥취에 겨워

소리마다 교태로다.

물아일체이니 흥이야 다를쏘냐.

사립문 주변을 걸어 보고 정자에도 앉아 보고

산보하며 읊조리니 산중 생활 적적한데,

한가함 속 즐거움을 알 이 없이 혼자로다.

- **상춘** 봄을 맞아 경치를 구경하며 즐김.
- **송죽** 소나무와 대나무를 아울러 이르는 말.
- **교태** 아양을 부리는 태도.
- **물아일체** '나(자아)'와 '외부 세계'가 어울려 하나가 됨.

이봐, 이웃들아, 산수 구경 가자꾸나.
답청(踏靑)은 오늘 하고 욕기(浴沂)는 내일 하세
아침에 나물 캐고 저녁에 낚시하세.
갓 익은 술을 갈건으로 걸러 놓고
꽃나무 가지 꺾어 잔 수 세며 먹으리라.
화창한 바람이 살짝 불어 푸른 시내 건너오니
맑은 향은 잔에 지고 붉은 꽃잎은 옷에 지네.
술독이 비었거든 나에게 아뢰어라.
아이더러 술집에서 술 받아 오라 하여
어른은 막대 잡고 아이는 술을 메고
흥얼대며 걸어서 시냇가에 혼자 앉아
맑은 모래 깨끗한 물에 잔 씻어 부어 들고
맑은 물 굽어보니 복숭아꽃 떠오는구나.
무릉도원 가깝도다, 저 들이 그곳인가.
솔숲 오솔길에 진달래 부여잡고
봉우리에 급히 올라 구름 속에 앉아 보니
수많은 집들이 곳곳에 벌여 있네.
연하일휘(煙霞日輝)는 비단을 펼친 듯,

- **답청** 들에 나가 새봄에 돋은 풀을 밟는 것.
- **욕기** 기수(沂水)에서 목욕한다는 뜻으로, 명리(명예와 이익)를 잊고 유유자적함을 이르는 말.
- **갈건** 칡으로 짠 베로 만든 두건.

엊그제 검던 들이 봄빛도 넘치는도다.

공명(功名)도 날 꺼리고 부귀도 날 꺼리니

청풍명월(淸風明月) 외에 어떤 벗이 있으리오.

단표누항(簞瓢陋巷)에 헛된 생각 아니 하네.

아무튼, 한평생 삶이 이만한들 어떠하리.

• **연하일휘** 안개와 노을과 빛나는 햇살이라는 뜻으로, 아름다운 자연 경치를 비유적으로 이르는 말.
• **공명** 공을 세워서 자기의 이름을 널리 드러냄. 또는 그 이름.
• **청풍명월** 맑은 바람과 밝은 달.
• **단표누항** 누항(좁고 지저분한 거리나 마을)에서 먹는 한 그릇의 밥과 한 바가지의 물이라는 뜻으로, 선비의 청빈한 생활을 이르는 말.

감상
길잡이

제목 '상춘곡'은 '봄을 감상하는 노래'라는 뜻으로 이 작품은 봄을 맞은 자연의 아름다운 풍경과 그것을 즐기는 삶의 아름다움을 노래한 조선 시대의 가사입니다. 요즘도 봄이 되면 마음이 싱숭생숭해진다는 말을 많이 하지요. 겨우내 얼어 있던 무채색의 세계가 따뜻한 생명의 기운으로 채색되는 봄을 맞으면서 우리는 새삼 자연의 경이로움에 감탄하게 됩니다. 이러한 봄의 한가운데서 화자는 자연에 묻혀 사는 삶의 흥취를 한껏 고조시키면서 공명과 부귀를 추구하는 속세의 삶과 대비되는 안빈낙도(安貧樂道)의 이상적 지향을 보여 줍니다.

 활동

1 「상춘곡」에서 화자의 삶의 태도를 단적으로 드러내는 시어를 모두 찾고, 그것의 의미에 대해 말해 봅시다.

2 「상춘곡」의 시상 전개 방식이 어떠한지 설명해 봅시다.

4부

현실과 어떻게
관계하는가

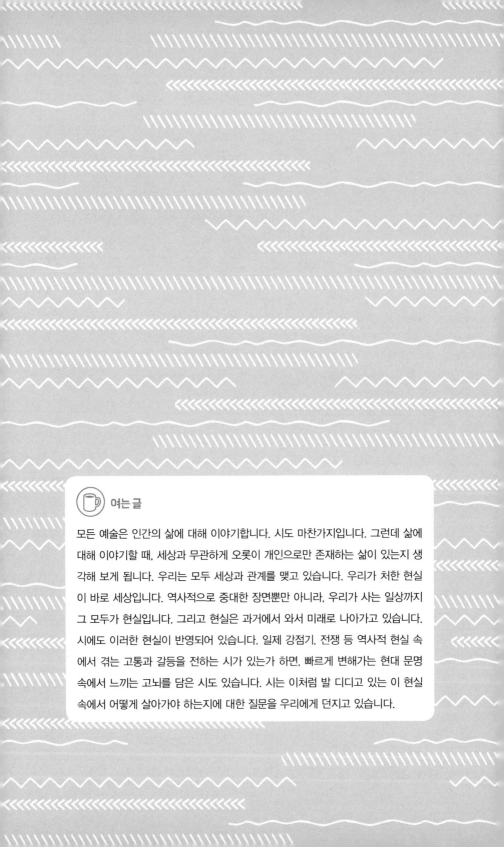

여는 글

모든 예술은 인간의 삶에 대해 이야기합니다. 시도 마찬가지입니다. 그런데 삶에 대해 이야기할 때, 세상과 무관하게 오롯이 개인으로만 존재하는 삶이 있는지 생각해 보게 됩니다. 우리는 모두 세상과 관계를 맺고 있습니다. 우리가 처한 현실이 바로 세상입니다. 역사적으로 중대한 장면뿐만 아니라, 우리가 사는 일상까지 그 모두가 현실입니다. 그리고 현실은 과거에서 와서 미래로 나아가고 있습니다. 시에도 이러한 현실이 반영되어 있습니다. 일제 강점기, 전쟁 등 역사적 현실 속에서 겪는 고통과 갈등을 전하는 시가 있는가 하면, 빠르게 변해가는 현대 문명 속에서 느끼는 고뇌를 담은 시도 있습니다. 시는 이처럼 발 디디고 있는 이 현실 속에서 어떻게 살아가야 하는지에 대한 질문을 우리에게 던지고 있습니다.

여승(女僧)

● 백석

여승은 합장하고 절을 했다
가지취의 내음새가 났다
쓸쓸한 낯이 옛날같이 늙었다
나는 불경(佛經)처럼 서러워졌다

평안도의 어느 산 깊은 금점판
나는 파리한 여인에게서 옥수수를 샀다
여인은 나어린 딸아이를 때리며 가을밤같이 차게 울었다

섶벌같이 나아간 지아비 기다려 십 년이 갔다
지아비는 돌아오지 않고
어린 딸은 도라지꽃이 좋아 돌무덤으로 갔다

산꿩도 설게 울은 슬픈 날이 있었다
  산 절의 마당귀에 여인이 머리오리가 눈물방울과 같이 떨어
진 날이 있었다

• **가지취** 참취.
• **금점판** 주로 수공업적 방식으로 작업하던 금광의 일터.
• **파리한** 몸이 마르고 낯빛이나 살색이 핏기가 전혀 없는.
• **섶벌** 섶나무에 집을 틀고 항상 나가서 다니는 벌.
• **설게** '서럽게'의 평안북도 사투리.
• **머리오리** 머리카락.

이 시에 나오는 그 '여인'의 삶은 이렇습니다. 지아비가 일자리를 찾아 떠난 지 십 년, 지아비는 돌아오지 않았습니다. 여인은 어린 딸을 데리고 옥수수 행상을 하며 떠돌았습니다. 그러던 어느 날 그 여인은 어린 딸마저 잃었습니다. "산꿩도 설게 울은 슬픈 날", 여인은 머리 카락을 눈물방울같이 떨구고 여승이 되었습니다. 이것은 한 여인의 기구한 일생이지만 일제 강점기 우리 민족의 비극이기도 합니다. 일제의 강압이 극에 달하자 살던 곳을 버리고 정처 없이 떠도는 유이민 (流移民)의 수는 급속도로 증가하였고, 불안하고 궁핍한 삶이 계속되었습니다. 여인의 삶은 일제 강점기 이 땅의 수많은 사람들의 현실이었습니다.

 활동

1 「여승」에 드러난 화자의 정서를 파악해 봅시다. 그리고 화자가 그러한 감정을 느끼게 된 이유에 대해 말해 봅시다.

2 「여승」이 발표된 1936년경은 일제의 횡포가 극심하던 시기입니다. 그 시대 우리 민족의 삶이 이 시에 어떻게 반영되어 있는지 말해 봅시다.

쉽게 씌어진 시

● 윤동주

창밖에 밤비가 속살거려
육첩방은 남의 나라,

시인이란 슬픈 천명인 줄 알면서도
한 줄 시를 적어 볼까,

땀내와 사랑 내 포근히 품긴
보내 주신 학비 봉투를 받아

대학 노트를 끼고
늙은 교수의 강의 들으러 간다.

생각해 보면 어린 때 동무를
하나, 둘, 죄다 잃어버리고

나는 무얼 바라
나는 다만, 홀로 침전하는 것일까?

• **천명** 하늘이 내린 피할 수 없는 명령.
• **육첩방** 다다미(일본식 돗자리) 여섯 장이 깔린 방. '첩(疊)'은 다다미를 세는 단위임.
• **침전하는** 기분 따위가 가라앉는.

인생은 살기 어렵다는데
시가 이렇게 쉽게 씌어지는 것은
부끄러운 일이다.

육첩방은 남의 나라
창밖에 밤비가 속살거리는데,

등불을 밝혀 어둠을 조금 내몰고,
시대처럼 올 아침을 기다리는 최후의 나.

나는 나에게 작은 손을 내밀어
눈물과 위안으로 잡는 최초의 악수.

• **속살거리는데** 작은 목소리로 자질구레하게 자꾸 이야기하는데.

이 시는 윤동주가 일본 유학 중이던 1942년에 쓴 것으로 알려져 있습니다. 식민지 시대 조국을 떠나 일본에서 유학하며 시나 쓰고 있는 조선 청년의 심정은 어떠했을까요? 이 시의 화자는 시대 현실 앞에서의 무기력함, 침전하는 자기 자신에 대한 좌절과 번민, 그리고 부끄러움을 고백합니다. 그러나 거기서 포기하지 않습니다. 부끄러움에 대한 인식은 다시 눈앞에 놓인 현실을 자각하게 하고, 스스로를 바로 세우도록 만듭니다. 그리하여 체념하지 않고 스스로에게 악수를 청합니다. 무기력하고 나약했던 자신을 반성하고 "시대처럼 올 아침을 기다리는 최후의 나"가 되기 위한 의지를 담은 악수입니다.

 활동

1 「쉽게 씌어진 시」에서 화자가 처한 현재의 상황을 찾아 정리해 봅시다.

2 「쉽게 씌어진 시」에서 화자의 부끄러움의 정서는 시대 상황과 어떤 연관이 있는지 말해 봅시다.

청포도

● 이육사

내 고장 칠월은
청포도가 익어 가는 시절

이 마을 전설이 주저리주저리 열리고
먼 데 하늘이 꿈꾸며 알알이 들어와 박혀

하늘 밑 푸른 바다가 가슴을 열고
흰 돛단배가 곱게 밀려서 오면

내가 바라는 손님은 고달픈 몸으로
청포(靑袍)를 입고 찾아온다고 했으니

내 그를 맞아, 이 포도를 따 먹으면
두 손은 함뿍 적셔도 좋으련

아이야 우리 식탁엔 은쟁반에
하이얀 모시 수건을 마련해 두렴.

• **청포** 푸른 도포. '도포'는 예전에 예복으로 입던 남자의 겉옷.

감상
길잡이

화자가 사는 고장의 7월 풍경은 매우 아름답게 느껴집니다. 청포도, 하늘, 푸른 바다, 흰 돛단배, 은쟁반, 하이얀 모시 수건. 푸른색과 흰색의 감각적 소재들이 평화롭고 맑은 "내 고장"의 분위기를 만들어 내고 있습니다. 화자는 이곳에서 "바라는 손님"을 기다리고 있습니다. 손님은 온다고 했으나 아직 도착하지 않았습니다. 고달픈 몸으로 청포를 입고 올 손님을 기다리는 화자의 마음은 설렘으로 차 있는 듯합니다. 아름다운 것, 좋은 것을 준비해 두는 마음에서 그 설렘이 느껴집니다. 이육사 시인은 일제 강점기에 활동한 대표적인 저항 시인입니다. 이렇게 아름다운 곳으로 찾아올, 시인이 바라던 손님은 누구였을까 생각해 보게 됩니다.

활동

1 「청포도」의 마지막 연을 참고하여, 화자는 아직 오지 않은 '손님'에 대해 어떤 기대를 가지고 있는지 추측해 봅시다.

2 「청포도」에서 '손님'의 함축적 의미를 시인의 삶과 관련지어 생각해 봅시다.

눈

● 김수영

눈은 살아 있다
떨어진 눈은 살아 있다
마당 위에 떨어진 눈은 살아 있다

기침을 하자
젊은 시인이여 기침을 하자
눈 위에 대고 기침을 하자
눈더러 보라고 마음 놓고 마음 놓고
기침을 하자

눈은 살아 있다.
죽음을 잊어버린 영혼과 육체를 위하여
눈은 새벽이 지나도록 살아 있다

기침을 하자
젊은 시인이여 기침을 하자
눈을 바라보며
밤새도록 고인 가슴의 가래라도
마음껏 뱉자

"눈은 살아 있다". "기침을 하자". 이 시에서 반복적으로 등장하는 구절입니다. "눈"이 살아 있다고 생각한 시인의 상상력은 "젊은 시인"에게 눈에 대고 마음 놓고 "기침을 하자"라고 말하는 것으로 이어집니다. 그런데 이 말에서 어떤 생각이 드나요? '그럼 그동안 기침도 마음 놓고 할 수 없었다는 말인가', 이런 의문이 들지는 않나요? 이 시는 1956년에 발표되었습니다. 권력을 차지하기 위한 위선과 부정부패로 혼란스럽던 때입니다. "기침을 하자", "가래라도/마음껏 뱉자"라고 말한 것은 부패한 세상에 대해 마음속에 쌓인 분노를 표출하고 거부의 표시를 하자는 외침으로 들립니다. 거짓과 위선에 대한 저항의 신호로 느껴집니다.

활동

1 「눈」에서 "기침을 하자"에 담긴 의미를 말해 봅시다.

2 「눈」에서 '눈'은 시대 상황과 관련하여 다양한 의미로 해석되고 있습니다. 눈의 속성을 바탕으로 시대 상황과 관련하여 '눈'의 긍정적 의미와 부정적 의미를 생각해 봅시다.

껍데기는 가라

껍데기는 가라.
사월도 알맹이만 남고
껍데기는 가라.

껍데기는 가라.
동학년(東學年) 곰나루의, 그 아우성만 살고
껍데기는 가라.

그리하여, 다시
껍데기는 가라.
이곳에선, 두 가슴과 그곳까지 내논
아사달 아사녀가
중립(中立)의 초례청 앞에 서서
부끄럼 빛내며
맞절할지니

껍데기는 가라.

- **사월** 1960년 4월에 일어난 4·19혁명을 가리킴.
- **동학년** 동학농민운동이 일어난 1894년을 가리킴.
- **곰나루** 충청남도 '공주(公州)'의 옛 지명.
- **아사달 아사녀** '아사달'은 백제의 이름난 석수장이이고 '아사녀'는 그의 아내임. 여기서는 우리 나라의 근원적 심성이나 순수성을 간직한 남녀를 비유한 말임.

한라에서 백두까지
향그러운 흙가슴만 남고.
그, 모오든 쇠붙이는 가라.

1967년 발표된 이 시는, 1960년 4월 군사 독재에 항거했던 민중들의 바람을 담아 "껍데기는 가라"라고 일갈하고 있습니다. 1연의 "사월"과 2연의 "동학년"은 각각 4·19혁명과 동학농민운동을 의미하는 것으로 보입니다. 그런데 사월과 동학년에도 사라져야 할 '껍데기'가 있습니다. 민주와 자유에 대한 열망, 정의에 대한 요구 등 혁명에 담긴 순수한 정신이 '알맹이'였다면, 그 정신을 훼손하는 위선과 거짓, 폭력, 무력 등이 바로 '껍데기'입니다. "껍데기는 가라", 이것은 4월 혁명 이후 혁명의 순수한 정신을 짓밟고 전혀 다른 방향으로 변해 가는 현실에 대한 화자의 준엄한 외침입니다.

활동

1 「껍데기는 가라」에서 '껍데기'와 같은 의미로 쓰인 다른 시어를 찾아봅시다.

2 「껍데기는 가라」의 화자가 간절히 바라고 있는 것은 무엇인지 생각해 봅시다.

목계 장터

하늘은 날더러 구름이 되라 하고

땅은 날더러 바람이 되라 하네

청룡 흑룡 흩어져 비 개인 나루

잡초나 일깨우는 잔바람이 되라네

뱃길이라 서울 사흘 목계 나루에

아흐레 나흘 찾아 박가분 파는

가을볕도 서러운 방물장수 되라네

산은 날더러 들꽃이 되라 하고

강은 날더러 잔돌이 되라 하네

산 서리 맵차거든 풀 속에 얼굴 묻고

물여울 모질거든 바위 뒤에 붙으라네

민물 새우 끓어 넘는 토방 툇마루

석삼년에 한 이레쯤 천치로 변해

짐 부리고 앉아 쉬는 떠돌이가 되라네

하늘은 날더러 바람이 되라 하고

산은 날더러 잔돌이 되라 하네

- **목계(牧溪)** 남한강 상류 지역인 충주에 있는 지명으로, 나루터가 있고 큰 장이 서던 곳임.
- **박가분(朴家粉)** 1916년에 박승직의 상점에서 상표 등록하여 제작 판매한 우리나라 최초의 여성 화장품.
- **방물장수** 여자들에게 소용되는 물품을 파는 상인.
- **맵차거든** 매섭게 차갑거든.
- **토방** 마루를 놓을 수 있게 된 처마 밑의 땅.
- **툇마루** 각 방과 대청을 연결하여 마당 쪽으로 낸 마루.

감상 길잡이

이 시는 음악적 리듬이 살아 있는 "~은 날더러 ~이 되라 하고"라는 문장의 반복을 통해 화자가 깨달은 또는 운명으로 받아들인 스스로의 삶의 모습을 보여 줍니다. 하늘과 땅과 산과 강은 화자에게 구름, 잔바람, 방물장수, 들꽃, 잔돌, 떠돌이가 되라고 합니다. 이는 떠도는 삶, 그래서 이름 없는 삶, 떠돌아서 서러운 삶의 또 다른 이름으로 느껴집니다. 과거 '목계 나루'는 남한강변의 큰 규모의 나루터로, 물류 교역의 중심지였습니다. 더불어 목계 장터도 매우 번성했다고 하지요. 장터는 화자와 같은 민중들의 무수한 사연이 모이는 곳이기도 합니다. 흥성했던 장터는 근대화 과정에서 쇠락했으니, 그 사연들은 지금 어디를 떠돌고 있을까 생각해 봅니다.

 활동

1 「목계 장터」의 공간적 배경을 찾고, 화자의 직업과 관련하여 공간적 배경의 의미를 생각해 봅시다.

2 「목계 장터」에서 화자는 자신의 삶에 대해 어떤 태도를 취하고 있는지 말해 봅시다.

타는 목마름으로

● 김지하

신새벽 뒷골목에
네 이름을 쓴다 민주주의여
내 머리는 너를 잊은 지 오래
내 발길은 너를 잊은 지 너무도 너무도 오래
오직 한 가닥 있어
타는 가슴속 목마름의 기억이
네 이름을 남몰래 쓴다 민주주의여

아직 동트지 않은 뒷골목의 어딘가
발자국 소리 호르락 소리 문 두드리는 소리
외마디 길고 긴 누군가의 비명 소리
신음 소리 통곡 소리 탄식 소리 그 속에 내 가슴팍 속에
깊이깊이 새겨지는 네 이름 위에
네 이름의 외로운 눈부심 위에
살아오는 삶의 아픔
살아오는 저 푸르른 자유의 추억
되살아 오는 끌려가던 벗들의 피 묻은 얼굴
떨리는 손 떨리는 가슴
떨리는 치떨리는 노여움으로 나무판자에
백묵으로 서툰 솜씨로
쓴다.

숨죽여 흐느끼며
네 이름을 남 몰래 쓴다.
타는 목마름으로
타는 목마름으로
민주주의여 만세

**감상
길잡이**

숨죽여 흐느끼며, 치떨리는 노여움으로 남몰래 쓰고 또 써 보는 이름이 있습니다. "너"의 이름 "민주주의". 너의 이름을 떠올리니 "삶의 아픔", "사라진 자유의 추억", "끌려가던 벗들의 피 묻은 얼굴"이 함께 따라옵니다. 이 시는 1970년대 군사 독재 정권의 강압적인 현실을 배경으로 하고 있습니다. 인간이라면 누구나 마땅히 누려야 할 기본적인 자유와 권리가 짓밟히던 군부 독재 시절, 가장 간절한 바람은 민주주의의 실현이었습니다. 신새벽 뒷골목, 삼엄한 감시, 비명, 탄식 속에서도 민주주의에 대한 화자의 갈망은 "타는 목마름으로" 사라지지 않습니다. 멀리 있지만 반드시 되찾아야 할 "외로운 눈부심", 민주주의에 대한 열망은 그렇게 쓰고 또 써 보는 행위로 나타납니다.

활동

1 「타는 목마름으로」에 깔려 있는 1970년대의 사회 분위기는 어떠한지 추측하여 말해 봅시다.

2 「타는 목마름으로」의 화자가 반복하고 있는 '쓴다'는 행위의 의미에 대해 생각해 봅시다.

동승

국철을 타고 앉아 가다가

문득 알아들을 수 없는 말이 들려 살피니

아시안 젊은 남녀가 건너편에 앉아 있었다

늦은 봄날 더운 공휴일 오후

나는 잔무 하러 사무실에 나가는 길이었다

저이들이 무엇 하려고

국철을 탔는지 궁금해서 쳐다보면

서로 마주 보며 떠들다가 웃다가 귓속말할 뿐

나를 쳐다보지 않았다

모자 장수가 모자를 팔러 오자

천 원 주고 사서 번갈아 머리에 써 보고

만년필 장수가 만년필을 팔러 오자

천 원 주고 사서 번갈아 손바닥에 써 보는 저이들

문득 나는 천박한 호기심이 발동했다는 생각이 들어서

황급하게 차창 밖으로 고개를 돌렸다

국철은 강가를 달리고 너울거리는 수면 위에는

깃털 색깔이 다른 새 여러 마리가 물결을 타고 있었다

나는 아시안 젊은 남녀와 천연하게

- **동승** 차. 배. 비행기 따위를 같이 탐.
- **잔무** 다 끝내지 못하고 남은 일.
- **국철** '국유 철도'를 줄인 말.

동승하지 못하고 있어 낯짝 부끄러웠다
국철은 회사와 공장이 많은 노선을 남겨 두고 있었다
저이들도 일자리로 돌아가는 중이지 않을까

늦은 봄날 공휴일 오후, 화자는 국철을 타고 일을 하러 사무실에 가고 있습니다. 그런 화자의 시선을 끈 것은 아시안 젊은 남녀입니다. 그들이 왜 국철을 탔을까 궁금해하며 그들을 지켜보던 화자는 한순간 깨닫습니다. "천박한 호기심"이구나. 누구나 탈 수 있는 국철인데, 왜 아시안 젊은 남녀만 유독 화자의 시선을 끌었을까요? 화자는 자신이 "천연하게/동승하지 못하고" 그들을 호기심 어린 시선으로 쳐다보고 있었다는 사실에 부끄러움을 느낍니다. 그리고 그들도 나처럼 "일자리로 돌아가는 중"이었을지 모른다 생각합니다. 그렇습니다. 다르지 않습니다. 그들도 나와 같이 이 땅에 살고 있는 똑같은 사람입니다.

 활동

1 「동승」에서 "천박한 호기심"의 의미를 생각해 봅시다.

2 「동승」에서 "깃털 색깔이 다른 새 여러 마리가 물결을 타고 있었다"라는 구절을 통해 화자가 전하고 싶은 의미는 무엇인지 생각해 봅시다.

신문지 밥상

더러 신문지 깔고 밥 먹을 때가 있는데요
어머니, 우리 어머니 꼭 밥상 펴라 말씀하시는데요
저는 신문지가 무슨 밥상이냐며 궁시렁궁시렁하는데요
신문질 신문지로 깔면 신문지 깔고 밥 먹고요
신문질 밥상으로 펴면 밥상 차려 밥 먹는다고요
따뜻한 말은 사람을 따뜻하게 하고요
따뜻한 마음은 세상까지 따뜻하게 한다고요
어머니 또 한 말씀 가르쳐 주시는데요

해방 후 소학교 2학년이 최종 학력이신
어머니, 우리 어머니 말씀 철학

신문지를 깔고 밥 먹을 때, 화자의 어머니는 "밥상 펴라"라고 말씀하신다고 합니다. '신문지는 신문지'라는 것이 화자의 생각이지만 어머니의 생각은 다릅니다. 신문지를 신문지라고 말하면 신문지이지만, 신문지일지라도 밥상이라고 말하면 밥상이 된다는 것입니다. 화자의 어머니는 또 이런 가르침을 주셨습니다. "따뜻한 말은 사람을 따뜻하게 하고", "따뜻한 마음은 세상까지 따뜻하게 한다"고. 세상을 살 만한 곳으로 만드는 것은 나의 말 한마디와 마음가짐에서 나온다는 가르침이네요. 초등학교 2학년이 최종 학력인 어머니의 지혜가 삶을 더 풍요롭게 만듭니다.

활동

1 「신문지 밥상」에서 어머니의 말씀에 들어 있는 어머니의 철학은 무엇인지 말해 봅시다.

2 「신문지 밥상」의 2연을 통해 화자가 전달하고 싶은 것은 무엇인지 추측해 봅시다.

그 사람의 손을 보면

● 천양희

구두 닦는 사람을 보면
그 사람의 손을 보면
구두 끝을 보면
검은 것에서도 빛이 난다
흰 것만이 빛나는 것은 아니다

창문 닦는 사람을 보면
그 사람의 손을 보면
창문 끝을 보면
비누 거품 속에서도 빛이 난다
맑은 것만이 빛나는 것은 아니다

청소하는 사람을 보면
그 사람의 손을 보면
길 끝을 보면
쓰레기 속에서도 빛이 난다
깨끗한 것만이 빛나는 것은 아니다

마음 닦는 사람을 보면
그 사람의 손을 보면

마음 끝을 보면
보이지 않는 것에서도 빛이 난다
보이는 빛만이 빛은 아니다
닦는 것은 빛을 내는 일

성자가 된 청소부는
청소를 하면서도 성자이며
성자이면서도 청소를 한다.

흰 것, 맑은 것, 깨끗한 것만이 빛나는 것은 아닙니다. 보이는 것에서만 아름다움을 찾을 수 있는 것도 아닙니다. 구두 닦는 사람은 검은 구두를 빛나게 합니다. 검은 구두를 빛나게 하기 위해 그의 손은 검게 변했을 것입니다. 세상 어딘가가 깨끗하게 빛나고 있다면 그것은 누군가 쓰레기를 치웠기 때문입니다. 그러니 진짜 빛나는 것은 청소하는 사람의 손입니다. 세상에서 진짜 빛나는 것은 묵묵히 성실하게 자신의 일을 해 온 사람, 그 자체입니다. 화자는 그런 사람에게 "성자"라는 이름을 붙입니다. 어쩌면 지금 우리에겐 눈에 보이는 것을 빛나게 하는 것보다, 보이지 않는 마음을 닦는 일이 가장 필요한 일인지도 모르겠습니다.

활동

1 「그 사람의 손을 보면」에서 말하고자 하는 삶의 자세는 어떤 것인지 말해 봅시다.

2 우리 사회에서 "성자가 된 청소부"와 같은 역할을 하고 있는 사람은 누구인지 생각해 봅시다.

굼벵이 매암이 되어

● 지은이 모름

굼벵이 매암이 되어 나래 돋아 날아올라
높으나 높은 남게 소리는 좋거니와
그 위에 거미줄 있으니 그를 조심하여라

• 매암이 매미.
• 나래 날개.
• 남게 나무에.

청산도 절로절로

청산(靑山)도 절로절로 녹수(綠水)도 절로절로
산 절로 수 절로 산수 간(山水間)에 나도 절로
그중에 절로 자란 몸이 늙기도 절로 하리라

• **절로** '저절로'의 준말. 자연스럽게.
• **녹수** 푸른 물.
• **산수 간에** 산과 물 사이에. '자연 속에서'라는 뜻임.
• **절로 자란** 자연의 순리에 따라 자란.

중국 초나라 때 '공사'라는 사람이 있었습니다. 어느 날 그는 거미줄에 곤충이 걸리는 것을 보고 "벼슬이란 거미줄과 같은 것이다."라고 말한 뒤 벼슬을 그만두고 고향으로 돌아갔다고 합니다. 사람이 갑자기 높은 지위에 오르게 되면 그 기분에 취해서 잘못된 판단을 하기도 합니다. 사리를 분별하지 못하고 과욕을 부리게 되기도 하지요. 스스로를 살피고 신중하게, 그리고 이치에 맞게 살아가는 자세가 필요합니다. 마치 푸른 산과 맑은 물이 자연의 이치에 따라 존재하듯이, 세월이 가면 누구나 늙어 가듯이 말입니다. 앞의 두 편의 시조는 인간의 힘으로 거스를 수 없는 세상의 순리 앞에서 과욕을 버리고 자연스럽게 살아가는 태도가 필요하다는 것을 보여 줍니다.

활동

1 「굼벵이 매암이 되어」에서 "그 위에 거미줄 있으니 그를 조심하여라"의 의미가 무엇인지 추측해 봅시다.

2 「청산도 절로절로」에서 "그중에 절로 자란 몸이 늙기도 절로 하리라"에 담긴 화자의 삶의 태도에 대해 생각해 봅시다.

청산별곡(靑山別曲)

● 지은이 모름

살어리 살어리랏다 청산에 살어리랏다
머루랑 다래랑 먹고 청산에 살어리랏다
얄리얄리 얄랑셩 얄라리 얄라

울어라 울어라 새여 자고 일어나 울어라 새여
널라와 시름 한 나도 자고 일어나 우니노라
얄리얄리 얄라셩 얄라리 얄라

가던 새 가던 새 본다 물 아래 가던 새 본다
잉 묻은 장글란 가지고 물 아래 가던 새 본다
얄리얄리 얄라셩 얄라리 얄라

이링공 저링공 하여 낮으란 지내와손저
올 이도 갈 이도 없는 밤은 또 어찌호리라
얄리얄리 얄라셩 얄라리 얄라

- **살어리랏다** 살고 싶구나. 살겠노라.
- **얄리얄리 얄라셩 얄라리 얄라** 음악적 효과를 위한 후렴구로, 별다른 뜻이 없음.
- **널라와 시름 한** 너보다 시름 많은.
- **가던 새** 갈던 사래. 사래는 밭이랑. 혹은 날아가던 새.
- **잉 묻은 장글란** 이끼 묻은 쟁기를. 날이 무딘 병기를.
- **이링공 저링공 하여** 이럭저럭하여. 이렇게 저렇게 하여.
- **낮으란 지내와손저** 낮에는 지내왔지만.

어디라 던지던 돌코 누리라 맞히던 돌코

밀 이도 괼 이도 없이 맞아서 우니노라

얄리얄리 얄라셩 얄라리 얄라

살어리 살어리랏다 바다에 살어리랏다

나마자기 구조개랑 먹고 바다에 살어리랏다

얄리얄리 얄라셩 얄라리 얄라

가다가 가다가 듣노라 에정지 가다가 듣노라

사슴이 짐대에 올라서 해금(奚琴)을 혀거를 듣노라

얄리얄리 얄라셩 얄라리 얄라

가다니 배부른 독에 설진 강수를 빚어라

조롱꽃 누룩이 매워 잡사와니 내 어찌하리잇고

얄리얄리 얄라셩 얄라리 얄라

- **밀 이도 괼 이도** 미워할 이도 사랑할 이도.
- **나마자기** 나문재. 해변가에 나는 풀.
- **구조개** 굴과 조개를 아울러 이르는 말.
- **에정지** 정확한 뜻은 알 수 없으나 '외딴 부엌', '작은 부엌', '들판', '새 고장' 등으로 해석하기도 함.
- **짐대** 장대.
- **혀거를** 켜거늘. 켜니까.
- **가다니** 가다 보니.
- **설진 강수** '짙고 독한 술'로 추측됨.
- **조롱꽃 누룩이 매워** 조롱박꽃처럼 생긴 누룩이 매워. 누룩이 잘 발효되었다는 뜻으로 추측됨.

「청산별곡」은 고려 속요로, 다양한 관점에서 해석되고 있습니다. 지배 계급의 수탈로 삶의 터전을 빼앗긴 유랑민의 노래, 전쟁 속에서 난리를 피하며 목숨을 이어 가던 피난민의 노래, 민란에 참여한 농민, 어민, 광대의 노래, 사랑의 비애를 잊기 위해 도피하고 싶어 하는 사람의 노래, 정치적으로 도탄에 빠져 피폐해진 귀족의 현실 도피의 노래, 청산에 있으나 현실에 참여하고자 하는 지식인의 노래 등이 그것입니다. 그런데 이 모든 것에는 공통점이 있습니다. 모두 '청산'이나 '바다'와 같이 외떨어진 공간에서, 현실의 어떤 고통을 안고 외롭게 살아가는 '시름 많은' 사람의 노래라는 것입니다.

활동

1 「청산별곡」에서 '청산'과 '바다'는 어떤 의미를 담고 있는 공간인지 생각해 봅시다.

2 「청산별곡」의 2연과 4연을 바탕으로, 화자의 현재 처지와 심정에 대해 말해 봅시다.

5부

시의 언어는
어떻게 다른가

익숙한 우리말로 쓰인 시를 읽으면서 때때로 외계어처럼 낯선 느낌을 받는 이유
는 무엇일까요? 모르는 단어도 없고 평소에 쓰는 말로 되어 있는데도 말이지요.
그 이유는 시에서 언어를 사용하는 방식이 다르기 때문입니다. 시의 언어는 일상
적인 소통 능력보다는 언어의 새로운 가능성을 탐색하고 발견하는 일에 몰두합
니다. 시는 말하고자 하는 내용뿐 아니라 말해지는 형식을 통해서도 무언가를 전
달할 수 있다고 믿는 장르이기 때문이지요. 예를 들어 말의 반복과 운동을 통해
리듬이 생성되면 의미를 생각하기 전에 리듬 그 자체에서 감각적인 느낌을 받게
됩니다. 시는 이러한 리듬을 포함하여 이미지, 비유, 역설, 이야기 등 다채로운 말
의 운용 방식을 활용하여 감각적이고 생생한 표현과 소통을 가능하게 해 줍니다.
그래서 시는 우리의 모국어가 닿을 수 있는 가장 아름답고 높은 경지를 보여 줍
니다.

나그네

─ 술 익은 강마을의 저녁노을이여 ─ 지훈(芝薰)

● 박목월

강나루 건너서
밀밭 길을

구름에 달 가듯이
가는 나그네

길은 외줄기
남도(南道) 삼백 리

술 익는 마을마다
타는 저녁놀

구름에 달 가듯이
가는 나그네

이 시를 소리 내어 읽어 보면 세 마디씩 끊어지면서 형성되는 자연스러운 리듬을 느낄 수 있습니다. 그것은 마치 "구름에 달 가듯이/가는 나그네"의 유유자적한 발걸음 같기도 합니다. 강나루, 밀밭 길, 외줄기 길, 타는 노을이 그려 내는 이미지는 또 어떤가요? 한 폭의 동양화처럼 묘사된 이 아름다운 풍경은 구체적인 현실의 농촌이라기보다는 한국인의 마음속에 존재하는 낭만적 이상향에 가깝습니다. 시인은 단순한 리듬과 선명한 이미지를 통해 '나그네'라는 존재의 운명과 떠돌이의 애달픈 정서를 전통적 서정의 세계로 응축하고 있습니다.

 활동

1 「나그네」에서 "구름에 달 가듯이"라는 표현에 드러난 화자의 삶의 태도에 대해 말해 봅시다.

2 「나그네」에 나타난 마을의 풍경 속에서 화자의 위치를 추측해 보고, 이러한 위치가 화자의 정서와 어떻게 관련되는지 생각해 봅시다.

작은 연가

● 박정만

사랑이여, 보아라
꽃초롱 하나가 불을 밝힌다.
꽃초롱 하나로 천 리 밖까지
너와 나의 사랑을 모두 밝히고
해 질 녘엔 저무는 강가에 와 닿는다.
저녁 어스름 내리는 서쪽으로
유수(流水)와 같이 흘러가는 별이 보인다.
우리도 별을 하나 얻어서
꽃초롱 불 밝히듯 눈을 밝힐까.
눈 밝히고 가다 가다 밤이 와
우리가 마지막 어둠이 되면
바람도 풀도 땅에 눕고
사랑아, 그러면 저 초롱을 누가 끄리.
저녁 어스름 내리는 서쪽으로
우리가 하나의 어둠이 되어
또는 물 위에 뜬 별이 되어
꽃초롱 앞세우고 가야 한다면
꽃초롱 하나로 천 리 밖까지
눈 밝히고 눈 밝히고 가야 한다면.

감상
길잡이

현대시에서는 규칙적이고 분명한 리듬을 찾아보기 어렵습니다. 그러나 자유로운 형식의 시라 할지라도 말의 운용과 배치를 통해 감각적인 리듬을 선사합니다. 이 시를 조용히 소리 내어 읽어 보세요. '사랑', '꽃초롱', '별', '밝히다'라는 시어의 불규칙한 반복과 배치에서 어떤 리듬이 느껴지지 않나요? 그것들은 '저녁', '어둠', '서쪽'과 이미지의 대조를 이루면서 시의 의미를 형성해 가는 주축이기도 합니다. 사랑의 힘으로 세계의 어둠을 밝혀서 빛과 희망으로 나아가고 싶다는 갈망은 이처럼 노래가 되어 울려 퍼지고 있습니다.

1 「작은 연가」에서 '사랑'을 대상화하여 부름으로써 어떤 시적 효과를 얻을 수 있는지 말해 봅시다.

2 「작은 연가」에서 "우리가 마지막 어둠이 되면"이라고 말한 이유가 무엇인지 생각해 봅시다.

남신의주 유동 박시봉 방

● 백석

어느 사이에 나는 아내도 없고, 또,

아내와 같이 살던 집도 없어지고,

그리고 살뜰한 부모며 동생들과도 멀리 떨어져서,

그 어느 바람 세인 쓸쓸한 거리 끝에 헤매이었다.

바로 날도 저물어서,

바람은 더욱 세게 불고, 추위는 점점 더해 오는데,

나는 어느 목수(木手)네 집 헌 삿을 깐,

한 방에 들어서 쥔을 붙이었다.

이리하여 나는 이 습내 나는 춥고, 누긋한 방에서,

낮이나 밤이나 나는 나 혼자도 너무 많은 것같이 생각하며,

딜옹배기에 북덕불이라도 담겨 오면,

이것을 안고 손을 쬐며 재 위에 뜻없이 글자를 쓰기도 하며,

또 문밖에 나가지두 않구 자리에 누워서,

머리에 손깍지 베개를 하고 굴기도 하면서,

- **남신의주 유동 박시봉 방(南新義州柳洞朴時逢方)** 남신의주 유동에 사는 박시봉 씨 댁. '유동'은 신의주에 있는 동네 이름. '박시봉'은 시인 혹은 이 시의 화자가 세 들어 살던 집의 주인 이름이며, '방'은 편지에서 집주인 이름 뒤에 붙여 그 집에 거처하고 있음을 드러내는 말.
- **삿** 삿자리. 갈대를 엮어서 만든 자리. 왕골로 짠 돗자리보다 거칠어 주로 가난한 집에서 방바닥에 깔았다.
- **쥔을 붙이었다** 주인집에 세 들었다. 셋방을 얻어 살았다.
- **누긋한** 메마르지 않고 눅눅한.
- **딜옹배기** 질옹자배기. 둥글넓적하고 아가리가 벌어진 작은 질그릇.
- **북덕불** 짚이나 풀, 나무 부스러기 등이 뒤섞여 엉클어진 뭉텅이에 피운 불.

나는 내 슬픔이며 어리석음이며를 소처럼 연하여 쌔김질하는
것이었다.
　내 가슴이 꽉 메어 올 적이며,
　내 눈에 뜨거운 것이 핑 괴일 적이며,
　또 내 스스로 화끈 낯이 붉도록 부끄러울 적이며,
　나는 내 슬픔과 어리석음에 눌리어 죽을 수밖에 없는 것을 느
끼는 것이었다.
　그러나 잠시 뒤에 나는 고개를 들어,
　허연 문창을 바라보든가 또 눈을 떠서 높은 천정을 쳐다보는
것인데,
　이때 나는 내 뜻이며 힘으로, 나를 이끌어 가는 것이 힘든 일
인 것을 생각하고,
　이것들보다 더 크고, 높은 것이 있어서, 나를 마음대로 굴려
가는 것을 생각하는 것인데,
　이렇게 하여 여러 날이 지나는 동안에,
　내 어지러운 마음에는 슬픔이며, 한탄이며, 가라앉을 것은 차
츰 앙금이 되어 가라앉고,
　외로운 생각만이 드는 때쯤 해서는,

• **쌔김질** 새김질. 반추.

더러 나줏손에 쌀랑쌀랑 싸락눈이 와서 문창을 치기도 하는 때도 있는데,

　나는 이런 저녁에는 화로를 더욱 다가 끼며, 무릎을 꿇어 보며,

　어느 먼 산 뒷옆에 바우 섶에 따로 외로이 서서,

　어두워 오는데 하이야니 눈을 맞을, 그 마른 잎새에는,

　쌀랑쌀랑 소리도 나며 눈을 맞을,

　그 드물다는 굳고 정한 갈매나무라는 나무를 생각하는 것이었다.

• **나줏손** 저녁 무렵.
• **바우섶** 바위 옆. '섶'은 '옆'의 방언.
• **갈매나무** 갈매나뭇과의 낙엽 활엽 관목. 높이는 2~5미터이며, 가지에 가시가 있다.

이 시의 화자는 먼 타지에서 가족과 떨어진 채 나 하나 감당하기도
벅찬 처지에 놓여 있습니다. 화자는 지난날을 돌아보며 자신의 슬픔
과 어리석음과 부끄러움을 되새김질합니다. 마치 일기장에 자신의
이야기를 조곤조곤 풀어내듯 산문적으로 서술된 이 시는 자기 부정
의 나락에서 스스로를 다시 일으켜 세우는 자기 서사를 구성하고 있
습니다. 연결 어미와 쉼표, '~것이었다'라는 구문을 통해 늘어났다
줄어들었다 하며 진행되는 문장의 리듬은 마음에 일어나는 파도처럼
출렁이면서 현실을 이겨 내는 성찰의 힘을 보여 줍니다.

활동

1 「남신의주 유동 박시봉 방」에서 화자의 자세가 달라지는 양상에 따라 시를 세 부분
으로 나누어 보고, 화자의 정서가 어떻게 변화하는지 말해 봅시다.

	"이리하여~"	"그러나 잠시 뒤에~"	"이렇게 하여~"
자세	자리에 누워 있음.		
정서	슬픔과 어리석음에 가슴이 메고 눈물이 고임.		

2 「남신의주 유동 박시봉 방」에서 "굳고 정한 갈매나무"가 무엇을 의미하는지 생각해
봅시다.

가정(家庭)

● 이상

　문(門)을암만잡아다녀도안열리는것은안에생활(生活)이모자라
는까닭이다. 밤이사나운꾸지람으로나를졸른다. 나는우리집내
문패(門牌)앞에서여간성가신게아니다. 나는밤속에들어서서제웅
처럼자꾸만감(減)해간다. 식구(食口)야봉(封)한창호(窓戶)어데라
도한구석터놓아다고내가수입(收入)되어들어가야하지않나. 지붕
에서리가내리고뾰족한데는침(鍼)처럼월광(月光)이묻었다. 우리
집이앓나보다그러고누가힘에겨운도장을찍나보다. 수명(壽命)을
헐어서전당(典當)잡히나보다. 나는그냥문고리에쇠사슬늘어지듯
매어달렸다. 문을열려고안열리는문을열려고.

• 제웅 짚으로 만든 사람 모양의 물건.
• 전당 기한 내에 돈을 갚지 못하면 맡긴 물건 등을 마음대로 처분하여도 좋다는 조건으로 돈을
빌리는 일.

감상
길잡이

이 시의 형태는 일반적으로 우리가 알고 있는 시와 많이 다릅니다. 무엇보다 띄어쓰기가 되어 있지 않고 산문처럼 문장들이 이어져 있습니다. 여기에는 화자의 답답한 내면을 효과적으로 표현하고자 하는 의도와 기존의 방식에서 벗어나 새로운 시의 가능성을 모색하려는 시인의 실험 정신이 담겨 있습니다. 이 시는 한 가정의 가장으로서 제 역할을 다하지 못하는 현실의 답답함을 '안 열리는 문', '문고리에 매달린 쇠사슬'에 빗대어 표현한 작품입니다. 끊어 읽을 틈도 없이 나열되는 건조한 문장들에서 화자의 답답하고 절박한 심정이 그대로 느껴지지 않나요?

활동

1 「가정」에서 화자 자신을 나타내는 시어를 찾아보고, 거기에 담긴 화자의 정서가 무엇인지 말해 봅시다.

2 「가정」에서 "문을열려고안열리는문을열려고"에 드러나 있는 화자의 태도에 대해 이야기해 봅시다.

눈물은 왜 짠가

● 함민복

    지난여름이었습니다 가세가 기울어 갈 곳이 없어진 어머니를 고향 이모님 댁에 모셔다 드릴 때의 일입니다 어머니는 차 시간도 있고 하니까 요기를 하고 가자시며 고깃국을 먹으러 가자고 하셨습니다 어머니는 한평생 중이염을 앓아 고기만 드시면 귀에서 고름이 나오곤 했습니다 그런 어머니가 나를 위해 고깃국을 먹으러 가자고 하시는 마음을 읽자 어머니 이마의 주름살이 더 깊게 보였습니다 설렁탕집에 들어가 물수건으로 이마에 흐르는 땀을 닦았습니다

    "더울 때일수록 고기를 먹어야 더위를 안 먹는다 고기를 먹어야 하는데…… 고깃국물이라도 되게 먹어 둬라"

    설렁탕에 다대기를 풀어 한 댓 숟가락 국물을 떠먹었을 때였습니다 어머니가 주인아저씨를 불렀습니다 주인아저씨는 뭐 잘못된 게 있나 싶었던지 고개를 앞으로 빼고 의아해하며 다가왔습니다 어머니는 설렁탕에 소금을 너무 많이 풀어 짜서 그런다며 국물을 더 달라고 했습니다 주인아저씨는 흔쾌히 국물을 더 갖다 주었습니다 어머니는 주인아저씨가 안 보고 있다 싶어지자 내 투가리에 국물을 부어 주셨습니다 나는 당황하여 주인아

- **중이염** 고름 병원균 때문에 일어나는 가운데귀의 염증.
- **다대기** 칼국수나 설렁탕 등을 먹을 때 얼큰한 맛을 내려고 넣는 다진 양념. '잘게 다짐', '두들김' 등의 뜻인 다타키(たたき)에서 온 말.
- **투가리** '뚝배기'의 사투리. 찌개 따위를 끓이거나 설렁탕 따위를 담을 때 쓰는 오지그릇.

저씨를 흘금거리며 국물을 더 받았습니다 주인아저씨는 넌지시
우리 모자의 행동을 보고 애써 시선을 외면해 주는 게 역력했습
니다 나는 그만 국물을 따르시라고 내 투가리로 어머니 투가리
를 툭, 부딪쳤습니다 순간 투가리가 부딪치며 내는 소리가 왜
그렇게 서럽게 들리던지 나는 울컥 치받치는 감정을 억제하려
고 설렁탕에 만 밥과 깍두기를 마구 씹어 댔습니다 그러자 주인
아저씨는 우리 모자가 미안한 마음 안 느끼게 조심, 다가와 성
냥갑만 한 깍두기 한 접시를 놓고 돌아서는 거였습니다 일순,
나는 참고 있던 눈물을 찔끔 흘리고 말았습니다 나는 얼른 이마
에 흐른 땀을 훔쳐 내려 눈물을 땀인 양 만들어 놓고 나서, 아주
천천히 물수건으로 눈동자에서 난 땀을 씻어 냈습니다 그러면
서 속으로 중얼거렸습니다

눈물은 왜 짠가

이 시의 화자는 지난여름 어머니와의 추억을 회상하고 있습니다. 우리는 마치 한 편의 짧은 이야기를 듣는 것처럼 사건의 전개를 궁금해하며 따라가게 됩니다. 산문 형식으로 이야기를 풀어낸 이 작품이 왜 소설이나 수필이 아니고 시일까요? 이야기를 풀어 가면서도 무엇보다 화자의 감정에 초점을 맞추고 있기 때문이지요. 시인은 투가리가 부딪치는 "툭" 소리에서 서럽게 치받치는 감정을 고조시킨 후 마지막 한 행의 질문으로 우리의 감정을 건드립니다. 가난한 어머니의 설렁탕 한 그릇에 담긴 사랑은 왜 이토록 눈물 나게 짜고 진한 것일까요?

활동

1 「눈물은 왜 짠가」에서 "투가리가 부딪치며 내는 소리"가 화자에게 그토록 서럽게 들린 이유가 무엇인지 생각해 봅시다.

2 「눈물은 왜 짠가」에서 주인아저씨가 놓고 간 "깍두기 한 접시"에는 어떤 마음이 담겨 있을지 추측해 봅시다.

추일 서정(秋日抒情)

● 김광균

낙엽은 폴란드 망명 정부의 지폐
포화(砲火)에 이즈러진
도룬 시(市)의 가을 하늘을 생각게 한다
길은 한 줄기 구겨진 넥타이처럼 풀어져
일광(日光)의 폭포 속으로 사라지고
조그만 담배 연기를 내어뿜으며
새로 두 시의 급행차가 들을 달린다
포플러 나무의 근골(筋骨) 사이로
공장의 지붕은 흰 이빨을 드러내인 채
한 가닥 꾸부러진 철책이 바람에 나부끼고
그 위에 셀로판지로 만든 구름이 하나
자욱한 풀벌레 소리 발길로 차며
호올로 황량한 생각 버릴 곳 없어
허공에 띄우는 돌팔매 하나
기울어진 풍경의 장막 저쪽에
고독한 반원(半圓)을 긋고 잠기어 간다

- **추일** 가을날.
- **포화** 총포를 쏠 때에 일어나는 불.
- **도룬 시** 폴란드의 도시 이름.
- **일광** 햇빛.
- **근골** 근육과 뼈대를 아울러 이르는 말.
- **장막** 사람이 들어가 볕이나 비를 피할 수 있도록 한데에 둘러치는 막. 또는 어떤 사물이나 현상
  을 보이지 않게 가리는 사물을 비유적으로 이르는 말.

시는 언어로 그린 그림이기도 합니다. 말을 통해 마음속에 아주 생생하고 선명한 이미지를 떠올리게 해 주니까요. 이 시의 전반부는 감정어를 하나도 사용하지 않고 오직 이미지만으로 가을의 정서를 그려 보이고 있습니다. 낙엽을 "폴란드 망명 정부의 지폐"에, 길을 "구겨진 넥타이"에, 공장의 지붕을 "흰 이빨"에, 구름을 "셀로판지"에 비유한 낯선 감각적 이미지들은 쓸쓸하고 애상적인 분위기를 자아냅니다. 이러한 분위기를 배경으로 시의 후반부에 직접적으로 표출된 "황량한 생각"은 돌팔매가 그리는 반원이 되어 화자의 고독감으로 수렴됩니다. 이 시를 읽고 나면 가을날의 고독을 그린 한 편의 그림을 감상한 것 같은 느낌이 들지 않나요?

 활동

1 「추일 서정」에서 도시 문명을 나타내는 시어들을 찾아보고, 그것이 어떤 정서와 의미를 전달하고 있는지 생각해 봅시다.

2 「추일 서정」에서 "자욱한 풀벌레 소리 발길로 차며"에 나타난 표현의 특징이 무엇인지 설명해 봅시다.

샤갈의 마을에 내리는 눈

● 김춘수

샤갈의 마을에는 3월에 눈이 온다.
봄을 바라고 섰는 사나이의 관자놀이에
새로 돋은 정맥이
바르르 떤다.
바르르 떠는 사나이의 관자놀이에
새로 돋은 정맥을 어루만지며
눈은 수천수만의 날개를 달고
하늘에서 내려와 샤갈의 마을의
지붕과 굴뚝을 덮는다.
3월에 눈이 오면
샤갈의 마을의 쥐똥만 한 겨울 열매들은
다시 올리브빛으로 물이 들고
밤에 아낙들은
그해의 제일 아름다운 불을
아궁이에 지핀다.

* 샤갈(Marc Chagall) 러시아 태생의 프랑스 화가(1887~1985).

이 시는 화가 마르크 샤갈의 「나의 마을」이라는 작품을 모티프로 했다고 알려져 있습니다. 시인은 화려한 색채의 샤갈의 그림에서 약동하는 생명력을 느꼈던 것 같습니다. 그 느낌을 '3월에 내리는 눈'으로 형상화한 후, 그것을 중심으로 연상되는 이미지들을 다양하게 나열한 것이지요. 사나이의 정맥의 떨림, 수천수만의 날개를 달고 내리는 눈, 올리브빛 열매, 아궁이에 지핀 아름다운 불 등의 낯선 이미지들이 자연스러운 연상 관계로 모아져 봄의 맑고 순수한 생명감을 노래하고 있습니다.

활동

1 「샤갈의 마을에 내리는 눈」에서 색채를 나타내는 시어를 찾아보고, 그것들이 어떤 이미지를 형상화하는지 말해 봅시다.

2 「샤갈의 마을에 내리는 눈」에서 봄의 생명력을 드러내기 위한 소재로 '눈'을 선택한 이유에 대해서 추측해 봅시다.

절정

● 이육사

매운 계절의 채찍에 갈겨
마침내 북방으로 휩쓸려 오다

하늘도 그만 지쳐 끝난 고원(高原)
서릿발 칼날 진 그 위에 서다

어데다 무릎을 꿇어야 하나
한 발 재겨 디딜 곳조차 없다

이러매 눈 감아 생각해 볼밖에
겨울은 강철로 된 무지갠가 보다

• **재겨 디딜** 제겨디딜. 발끝이나 뒤꿈치만 땅에 닿게 디딜.

감상 길잡이

시의 이미지는 묘사를 생생하게 하는 데에도 기여하지만 화자의 신념이자 의지를 상징적으로 드러내는 데에도 효과적으로 기여합니다. 이 시는 선명한 이미지를 통해 극한 상황을 담대하게 이겨 내는 높은 기개와 정신을 보여 줍니다. 화자는 "북방"에서 "고원"으로, 다시 "서릿발 칼날 진 그 위"로 옮아가며 점점 날카롭고 극한 상황에 내몰리고 있습니다. 하지만 절체절명의 위기에서 화자는 "강철로 된 무지개"를 떠올립니다. 그것은 절망적인 시대의 가혹한 채찍질을 견딘 자가 스스로를 단련하여 피워 낸 초극 의지, 황홀하고도 비극적인 아름다움을 역설적으로 형상화한 것입니다.

 활동

1 「절정」의 시상 전개 방식에 대해 설명해 봅시다.

2 「절정」에서 자신이 어려운 상황에 처했던 경험을 떠올려 보고, 그러한 어려움을 극복한 과정을 "강철로 된 무지개"에 빗대어 말해 봅시다.

먼 후일

● 김소월

먼 훗날 당신이 찾으시면
그때에 내 말이 '잊었노라'

당신이 속으로 나무라면
'무척 그리다가 잊었노라'

그래도 당신이 나무라면
'믿기지 않아서 잊었노라'

오늘도 어제도 아니 잊고
먼 훗날 그때에 '잊었노라'

감상 길잡이

이 시는 당신에 대한 그리움과 변치 않는 사랑을 반어적인 표현으로 드러내고 있습니다. 화자는 반복해서 "잊었노라"라고 말합니다. 본래 '잊었다'라는 말은 사랑했던 사람 앞에서 차갑게 돌아서며 던지는 말이지요. 그런데 이 시에서 화자가 잊었다고 말하는 시점은 "먼 훗날"입니다. 그날이 올 때까지는 무척 그리워하면서, 당신이 떠난 것을 믿지 못하면서, 오늘도 어제도 잊지 못하면서 지내겠다는 것입니다. 그러니까 화자는 당신을 잊어버리는 일을 기약 없는 먼 미래로 지연시키면서 자신의 변치 않는 사랑을 지속하는 것입니다. 이처럼 '잊었노라'를 반복함으로써 잊지 못함을 말하는 화자의 절실함에 우리는 더욱 공감하게 됩니다.

활동

1 「먼 후일」에서 반복되는 문장 구조를 찾아보고, 그것의 효과에 대해 파악해 봅시다.

2 사랑에 대한 자신의 생각을 반어적으로 표현해 보고, 그 이유를 말해 봅시다.

비유	사랑은 ( )다.
이유	

모란이 피기까지는

● 김영랑

모란이 피기까지는

나는 아직 나의 봄을 기다리고 있을 테요

모란이 뚝뚝 떨어져 버린 날

나는 비로소 봄을 여읜 설움에 잠길 테요

오월 어느 날 그 하루 무덥던 날

떨어져 누운 꽃잎마저 시들어 버리고는

천지에 모란은 자취도 없어지고,

뻗쳐오르던 내 보람 서운케 무너졌느니

모란이 지고 말면 그뿐 내 한 해는 다 가고 말아

삼백 예순 날 하냥 섭섭해 우옵내다

모란이 피기까지는

나는 아직 기다리고 있을 테요 찬란한 슬픔의 봄을

• **여읜** 이별한. 상실한.
• **하냥** '늘'의 전라도 사투리.
• **우옵내다** '우옵니다'의 전라도 사투리.

이 시는 모란이 피고 지는 자연의 질서 속에 자신의 기다림과 설움의 감정을 맡기고 있습니다. "모란이 피기까지는" 기다림을 연장하고 "모란이 뚝뚝 떨어져 버린 날"에는 설움의 감정에 빠집니다. 기다림의 시간은 "삼백 예순 날"로 한없이 연장되지만, 모란이 필 그날에 대한 기다림 때문에 화자의 나머지 날들은 의미가 있습니다. 여기서 모란은 지상에 피어나는 모든 아름다운 존재이자 누구나 마음속에 품고 살아가는 간절한 소망이기도 합니다. 이 시는 아름다운 소망의 성취에 대한 기다림, 그리고 소망의 좌절로 인한 슬픔과 절망 사이에서 순환하는 우리 인생의 모습을 표현하고 있습니다.

활동

1 「모란이 피기까지는」에서 모란이 피고 지는 것이 각각 의미하는 바가 무엇인지 생각해 봅시다.

2 「모란이 피기까지는」에서 "찬란한 슬픔의 봄"에 드러난 표현 방식과 그 의미에 대해서 말해 봅시다.

십 년을 경영하여

● 송순

십 년을 경영하여 초려삼간(草廬三間) 지어 내니
나 한 칸 달 한 칸에 청풍(淸風) 한 칸 맡겨 두고
강산(江山)은 들일 데 없으니 둘러 두고 보리라

• **경영하여** 기초를 닦고 계획을 세워 어떤 일을 해 나가. 여기서는 '생활을 알뜰하게 꾸려 나가'
  의 뜻.
• **초려삼간** '세 칸밖에 안 되는 초가'라는 뜻으로 아주 작은 집을 이르는 말. '초려'는 초가집을 뜻함.

동짓달 기나긴 밤을

• 황진이

동짓달 기나긴 밤을 한 허리를 베어 내어
춘풍(春風) 이불 아래 서리서리 넣었다가
어론 님 오신 날 밤이어든 굽이굽이 펴리라

• **어론 님** 정든 임.

시의 언어는 추상적인 관념이나 감정을 구체적으로 형상하여 사상과
정서를 생생하게 전달하기도 합니다. 「십 년을 경영하여」에서 화자는
자연의 대상을 의인화하여 표현함으로써 자연과 하나 되어 살고 싶
은 소망을 드러냅니다. 작은 집일망정 한 칸은 달에게, 한 칸은 청풍
에게 주고, 강산은 너무 크니 둘러 두고 보겠다는 포부를 통해 물아
일체의 삶을 그대로 형상화한 것이지요. 「동짓달 기나긴 밤을」에서는
추상적인 개념인 시간(임이 없는 시간)을 사물처럼 잘라 내어 저장해
두었다가 임이 오셨을 때 꺼내 쓰겠다는 기발한 발상을 보여 줍니다.
이처럼 시의 세계에서는 언어를 통해 만들어진, 일상에서와는 다른
논리가 작동하는 것이지요.

활동

1 「십 년을 경영하여」에서 화자의 소박한 삶의 태도를 단적으로 드러내 주는 시어를
찾아봅시다.

2 「동짓달 기나긴 밤을」에서 우리말의 묘미를 살려 생동감 있게 표현한 부분을 찾아보
고, 그것의 효과에 대해 말해 봅시다.

개를 여나믄이나 기르되

● 지은이 모름

개를 여나믄이나 기르되 요 개같이 얄미우랴

미운 님 오며는 꼬리를 홰홰 치며 치뛰락 나리뛰락 반겨서 내
닫고 고운 님 오며는 뒷발을 바둥바둥 무르락 나오락 캉캉 짖는
요 도리암캐

쉰밥이 그릇그릇 날진들 너 먹일 줄이 있으랴

현대어 풀이

개를 열 마리 넘게 기르지만 이 개처럼 얄미울까

미운 임이 오면 꼬리를 홰홰 치며 뛰어올랐다 내리뛰었다 반
겨 맞이하고, 사랑하는 임이 오면 뒷발을 버둥거리며 물러섰다
가 나아갔다가 캉캉 짖어 돌아가게 하는 요 암캐야

쉰밥이 그릇그릇 남을지라도 너 먹일 것이 있을 줄 아느냐

• **여나믄** 여남은. 열이 조금 넘는 수.
• **치뛰락 나리뛰락** 뛰어올랐다 내리뛰었다 하는 모습을 표현한 것.
• **무르락 나오락** 물러섰다가 나아갔다가.
• **날진들** 남을지라도.
• **먹일 줄이 있으랴** 먹일 것이 있는 줄 아느냐.

님이 오마 하거늘

● 지은이 모름

님이 오마 하거늘 저녁밥을 일찍 지어 먹고

중문(中門) 나서 대문(大門) 나가 지방(地方) 위에 치달아 앉아
이수(以手)로 가액(加額)하고 오는가 가는가 건넛산 바라보니 거
머흿들 서 있거늘 저야 님이로다 버선 벗어 품에 품고 신 벗어
손에 쥐고 곰븨님븨 님븨곰븨 천방지방 지방천방 진 데 마른 데
가리지 말고 워렁충창 건너가서 정(情)엣말 하려 하고 곁눈을
흘깃 보니 상년(上年) 칠월 사흗날 갉아 벗긴 주추리 삼대 살뜰
이도 날 속였다

모쳐라 밤일세망정 행여 낮이런들 남 웃길 뻔하괘라

현대어 풀이

임이 오겠다고 하기에 저녁밥을 일찍 지어 먹고

중문을 나와서 대문으로 나가 문지방 위에 올라가서, 손을 이
마에 대고 임이 오는가 하여 건너편 산을 바라보니, 거무희뜩한

- **지방** 문지방
- **이수로** 손으로.
- **가액하고** 이마에 대고.
- **거머흿들** 검은빛과 흰빛이 뒤섞인 모양.
- **곰븨님븨 님븨곰븨** 엎치락뒤치락.
- **천방지방 지방천방** 허둥지둥 날뛰는 모양.
- **워렁충창** 우당탕퉁탕.
- **주추리 삼대** 씨를 받느라고 밭머리에 쌓아 둔 삼의 줄기.
- **하괘라** 했구나.
- **상년** 지난해.
- **모쳐라** 마침.

것이 서 있기에 저것이 임이로구나. 버선을 벗어 품에 품고 신을 벗어 손에 쥐고, 엎치락뒤치락 허둥거리며 진 곳, 마른 곳 가리지 않고 우당탕퉁탕 건너가서, 정다운 말을 하려고 곁눈으로 흘깃 보니, 작년 7월 3일 날 껍질을 벗긴 주추리 삼대가 살뜰하게도 날 속였구나

　마침 밤이기에 망정이지 행여 낮이었다면 남 웃길 뻔했구나

우리는 시가 매우 진지하고 무거운 장르라고 생각합니다. 하지만 시는 때때로 유머와 해학을 통해 웃음 속의 진실을 전달하기도 합니다. 두 편의 시조는 모두 해학적인 상황을 통해 웃음을 유발하면서 자신의 감정을 구체적으로 보여 줍니다. 미워하는 사람은 반기고 기다리던 사람은 쫓아내는 개를 얄밉다고 흘기면서 임을 기다리는 감정을 대신 표현하기도 하고, 쌓아 놓은 삼대를 임인 줄 착각하고 버선발로 뛰쳐나간 우스꽝스러운 모습을 통해 간절한 기다림을 드러내기도 합니다. 사랑 때문에 엉뚱한 대상을 미워하고 사랑 때문에 어이없는 착각을 하는 것은 예나 지금이나 똑같나 봅니다.

활동

1 「개를 여나믄이나 기르되」에서 "쉰밥이 그릇그릇 날진들 너 먹일 줄이 있으랴"에 담겨 있는 화자의 심정이 무엇인지 추측해 봅시다.

2 「님이 오마 하거늘」에서 웃음을 유발하는 요소가 무엇인지 찾아 말해 봅시다.

6부

시는 왜 우리를
움직이는가

여는글

낮선 시를 읽으며 지친 내 안의 소리에 귀를 기울이게 되는 순간이 있습니다. 시를 통해 그리운 너를 떠올리기도 하고 외로운 우리를 발견하기도 합니다. 새 희망을 찾고 있는 세상을 만나기도 합니다. 소중했던 순간도, 변해 온 세월도, 아름다운 자연도 시 안에 있습니다. 우리는 시를 읽으며 아름다운 언어에 감탄하기도 하고, 시 속의 한 장면에 가슴이 저릿해지기도 합니다. 그런데 하필 그 시의, 그 한 구절이 왜 유독 나의 마음을 흔들었는지 생각해 보게 됩니다. 그것은 시가 세상 만물에 숨겨진 삶의 의미를 발견하는 일에 우리 또한 함께하고 있기 때문일 것입니다. 시가 포착한 삶의 순간에는 나의 삶도 담겨 있기 때문일 것입니다. 그렇게 시가 위로가 되는 순간이 있습니다.

첫사랑

● 고재종

흔들리는 나뭇가지에 꽃 한 번 피우려고
눈은 얼마나 많은 도전을 멈추지 않았으랴

싸그락 싸그락 두드려 보았겠지
난분분 난분분 춤추었겠지
미끄러지고 미끄러지길 수백 번,

바람 한 자락 불면 휙 날아갈 사랑을 위하여
햇솜 같은 마음을 다 퍼부어 준 다음에야
마침내 피워 낸 저 황홀 보아라

봄이면 가지는 그 한 번 덴 자리에
세상에서 가장 아름다운 상처를 터뜨린다

• 난분분(亂紛紛) 눈이나 꽃잎 따위가 흩날리어 어지러움.

감상 길잡이

봄이면 꽃이 핍니다. 꽃이 피지 않는 봄에 대해 생각해 본 적은 없습니다. 그런데 그 봄은, 그 꽃은, 우리에게 어떻게 왔을까요? 화자는 꽃을 피우기 위한 눈의 노력을 겨울 동안 지켜보았습니다. "싸그락 싸그락", "난분분 난분분" 수백 번 미끄러지기도 하며 눈은 끊임없이 도전했습니다. 꽃 한 번 피우기 위해서 온 마음을 퍼부어 준 시간이었습니다. 이 시간을 기억해 주세요. 겨울의 눈꽃이 봄의 꽃으로 피어나기까지 눈이 보여 준 도전의 시간을 기억해 주세요. 이 황홀한 아름다움은 당연하게 찾아온 것이 아닙니다. 우리의 긴 도전의 시간도 멈추지 않고 계속된다면 마침내 꽃을 피우게 될 것입니다.

활동

1 「첫사랑」에서 꽃을 피우기 위해 '눈'이 한 도전은 무엇인지 찾아봅시다.

2 「첫사랑」에서 "세상에서 가장 아름다운 상처"의 의미가 무엇인지 생각해 봅시다.

우주인

허공 속에 발이 푹푹 빠진다

허공에서 허우적 발을 빼며 걷지만

얼마나 힘드는 일인가

기댈 무게가 없다는 것은

걸어온 만큼의 거리가 없다는 것은

그동안 나는 여러 번 넘어졌는지 모른다

지금은 쓰러져 있는지도 모른다

끊임없이 제자리만 맴돌고 있거나

인력(引力)에 끌려 어느 주위를 공전하고 있는지도 모른다

발자국 발자국이 보고 싶다

뒤꿈치에서 튕겨 오르는

발걸음의 힘찬 울림을 듣고 싶다

내가 걸어온

길고 삐뚤삐뚤한 길이 보고 싶다

이 시의 '우주인'은 무중력 상태, 허공에서 헤매고 있는 것으로 보입니다. 그런데 허공에서 길을 잃고 헤매고 있는 것은 우주인뿐일까요? 넘어지고, 쓰러지고, 때로는 제자리에 묶인 것처럼 앞으로 한 발짝도 나아가지 못하는 것은 우리도 마찬가지입니다. 앞으로 나아가려 하지만 좀처럼 나아가지 못하는 '우주인'이 나의 모습은 아닌지 생각하게 됩니다. 그렇게 힘이 빠져 있을 때 화자는 말합니다. "발자국이 보고 싶다", "발걸음의 힘찬 울림을 듣고 싶다"라고요. 삐뚤삐뚤해도 걸어가자고, 발걸음 쿵쿵 소리 내며 힘차게 걸어가자고 어깨를 두드리는 것 같습니다. 삐뚤삐뚤해도 걷고 있다면 아직 괜찮다고, 스스로에게 말해 봅니다.

 활동

1 「우주인」에 드러난 '우주인'은 어떤 모습인지 말해 봅시다.

2 「우주인」의 마지막 행에서 화자가 바라는 삶의 모습은 어떤 것인지 이야기해 봅시다.

사투리

● 박목월

우리 고장에서는
오빠를
오라베라 했다.
그 무뚝뚝하고 왁살스러운 악센트로
오오라베 부르면
나는
앞이 칵 막히도록 좋았다.

나는 머루처럼 투명한
밤하늘을 사랑했다.
그리고 오디가 샛까만
뽕나무를 사랑했다.
혹은 울타리 섶에 피는
이슬마꽃 같은 것을⋯⋯
그런 것은
나무나 하늘이나 꽃이기보다
내 고장의 그 사투리라 싶었다.

참말로
경상도 사투리에는

약간 풀 냄새가 난다.
약간 이슬 냄새가 난다.
그리고 입안이 마르는
황토흙 타는 냄새가 난다.

밤하늘, 뽕나무, 이슬마꽃. 화자가 사랑하는 고향의 자연물입니다. 풀 냄새, 이슬 냄새, 황토흙 타는 냄새. 화자가 기억하는 고향의 냄새입니다. 이 그립고 정감 어린 것들은 모두 화자에게 고향의 사투리로 추억됩니다. 화자에게 "오라베", "오오라베"라는 말은 "무뚝뚝하고 왁살스러"웠지만 "앞이 칵 막히도록" 좋았던 사투리였지요. 때로 추억은, 그리움은 이렇게 구체적인 무언가로 다가옵니다. 내 이름을 부르던 그 아이의 독특한 말투로, 둘이 함께 듣던 음악으로, 같이 걷던 학교 앞 풍경으로 말입니다. 지나간 추억은 그렇게 소환됩니다.

 활동

1 「사투리」의 화자에게 '경상도 사투리'는 무엇을 대표하는 것인지 말해 봅시다.

2 「사투리」의 화자처럼 자신의 어린 시절의 경험을 떠오르게 하는 물건이나 감각적 이미지가 있으면 이야기해 봅시다.

흰 바람벽이 있어

● 백석

오늘 저녁 이 좁다란 방의 흰 바람벽에

어쩐지 쓸쓸한 것만이 오고 간다

이 흰 바람벽에

희미한 십오 촉(十五燭) 전등이 지치운 불빛을 내어던지고

때 글은 다 낡은 무명 샤쯔가 어두운 그림자를 쉬이고

그리고 또 달디단 따끈한 감주나 한잔 먹고 싶다고 생각하는

내 가지가지 외로운 생각이 헤매인다

그런데 이것은 또 어인 일인가

이 흰 바람벽에

내 가난한 늙은 어머니가 있다

내 가난한 늙은 어머니가

이렇게 시퍼러둥둥하니 추운 날인데 차디찬 물에 손은 담그

고 무이며 배추를 씻고 있다

또 내 사랑하는 사람이 있다

내 사랑하는 어여쁜 사람이

어느 먼 앞대 조용한 개포가의 나즈막한 집에서

그의 지아비와 마조 앉어 대구국을 끓여 놓고 저녁을 먹는다

• **바람벽** 전통 한옥 구조에서 볼 수 있는 것으로, 방 주위 벽에 바람을 막도록 설치한 벽.
• **때 글은** 때가 타서 약간 검게 됨. '글다'는 '그을다'의 준말.
• **생각하는 내** 생각하는 동안.
• **앞대** 말하는 사람의 위치에서 남쪽을 가리키는 말.
• **개포** '개'의 평북 방언으로, 강이나 내에 바닷물이 드나드는 곳.

벌써 어린것도 생겨서 옆에 끼고 저녁을 먹는다
그런데 또 이즈막하야 어느 사이엔가
이 흰 바람벽엔
내 쓸쓸한 얼골을 쳐다보며
이러한 글자들이 지나간다
　—나는 이 세상에서 가난하고 외롭고 높고 쓸쓸하니 살어
　　가도록 태어났다
　　　그리고 이 세상을 살어가는데
　　　내 가슴은 너무도 많이 뜨거운 것으로 호젓한 것으로 사
　　랑으로 슬픔으로 가득 찬다
그리고 이번에는 나를 위로하는 듯이 나를 울력하는 듯이
눈질을 하며 주먹질을 하며 이런 글자들이 지나간다
　—하늘이 이 세상을 내일 적에 그가 가장 귀해하고 사랑하
　　는 것들은 모두
　　　가난하고 외롭고 높고 쓸쓸하니 그리고 언제나 넘치는
　　　사랑과 슬픔 속에 살도록 만드신 것이다
　　　초생달과 바구지꽃과 짝새와 당나귀가 그러하듯이

- 이즈막하야 이즈막에 이르러.
- 울력하다 사전적인 의미는 '여러 사람이 힘을 합하여 일하다'라는 뜻이나, 여기서는 '힘으로 상
대방을 압도하다'라는 의미에 가까우므로 '위협하다' '위압하다'와 비슷한 뜻.
- 귀해하고 귀하게 여기고.
- 바구지꽃 박꽃.

그리고 또 프랑시스 잠과 도연명과 라이너 마리아 릴케
가 그러하듯이

- **짝새** 뱁새.
- **프랑시스 잠**(Francis Jammes) 프랑스 시인(1868~1938). 일생의 대부분을 자연 속에 파묻혀 살면서 자연의 풍물을 순박하게 노래함.
- **도연명(陶淵明)** 중국 동진의 시인(365~427). 자연을 노래한 시를 주로 씀.
- **라이너 마리아 릴케**(Rainer Maria Rilke) 체코 태생의 독일 시인(1875~1926). 인간 존재의 의미를 추구하고 종교성이 강한 독자적 경지를 개척함.

감상 길잡이

좁다란 방에서 "흰 바람벽'을 마주하고 앉아 외로운 생각에 빠진 한 사람이 있습니다. 가난한 늙은 어머니와 사랑하는 어여쁜 사람을 떠올립니다. 그 어여쁜 사람은 아마도 지아비와 저녁을 먹고 있겠죠. 사랑조차 그의 몫이 아닙니다. 그의 삶은 가난하고 외롭고 쓸쓸합니다. 화자는 하늘이 "가장 귀해하고 사랑하는 것들은 모두/가난하고 외롭고 높고 쓸쓸"하게 만들었다고 스스로를 위로합니다. 프랑시스 잠, 도연명, 릴케 같은 시인처럼 "사랑과 슬픔"을 품고, "외롭고 높고 쓸쓸하"게 살아갈 수밖에 없는 운명. 이러한 고고한 운명을 가진 한 사람이 현실의 삶을 살아가고 있습니다. 그 삶에 더불어 쓸쓸해집니다.

 활동

1 「흰 바람벽이 있어」에서 화자의 현재 처지를 짐작하게 하는 소재를 찾아봅시다.

2 「흰 바람벽이 있어」의 "나는 이 세상에서 가난하고 외롭고 높고 쓸쓸하니 살아가도록 태어났다"라는 구절에서 '높다'에 담긴 의미에 대해 생각해 봅시다.

별 헤는 밤

● 윤동주

계절이 지나가는 하늘에는
가을로 가득 차 있습니다.

나는 아무 걱정도 없이
가을 속의 별들을 다 헤일 듯합니다.

가슴속에 하나둘 새겨지는 별을
이제 다 못 헤는 것은
쉬이 아침이 오는 까닭이요,
내일 밤이 남은 까닭이요,
아직 나의 청춘이 다하지 않은 까닭입니다.

별 하나에 추억과
별 하나에 사랑과
별 하나에 쓸쓸함과
별 하나에 동경과
별 하나에 시와
별 하나에 어머니, 어머니,

• 헤는 사물의 수효를 헤아리거나 꼽는. '헤다'는 '세다'의 사투리.

어머님, 나는 별 하나에 아름다운 말 한마디씩 불러 봅니다.
소학교 때 책상을 같이했던 아이들의 이름과, 패(佩), 경(鏡), 옥
(玉) 이런 이국 소녀들의 이름과, 벌써 애기 어머니가 된 계집애
들의 이름과, 가난한 이웃 사람들의 이름과, 비둘기, 강아지, 토
끼, 노새, 노루, 프랑시스 잠, 라이너 마리아 릴케, 이런 시인의
이름을 불러 봅니다.

이네들은 너무나 멀리 있습니다.
별이 아슬히 멀듯이,

어머님,
그리고 당신은 멀리 북간도에 계십니다.

나는 무엇인지 그리워서
이 많은 별빛이 내린 언덕 위에
내 이름자를 써 보고,
흙으로 덮어 버리었습니다.

• **북간도** 일제 강점기에 한국인이 거주하던 중국 만주의 지린성 일대를 말함. 남쪽은 두만강을 사
이에 두고 북한과 접하고 동쪽은 러시아의 연해주에 접함. 일제에 항거하는 많은 한국인이 이
지역으로 이주하여 항일 독립운동의 거점이 됨.

딴은 밤을 새워 우는 벌레는
부끄러운 이름을 슬퍼하는 까닭입니다.

그러나 겨울이 지나고 나의 별에도 봄이 오면
무덤 위에 파란 잔디가 피어나듯이
내 이름자 묻힌 언덕 위에도
자랑처럼 풀이 무성할 게외다.

자신의 이름을 스스로 나지막이 불러 본 적이 있나요? 타인이 부르는 내 이름이 아닌, 내가 부르는 내 이름은 어떤 느낌일까 생각해 봅니다. 화자는 별을 보며 그리운 이름을 한 명, 한 명 불러 봅니다. 그리고 그리운 이름들 끝에 자신의 이름을 언덕 위에 써 봅니다. 하지만 부끄러운 이름이라 곧 흙으로 덮어 버립니다. 사실 부끄러운 것은 이름이 아니라 자신의 삶입니다. 이 부끄러운 삶을 어떻게 해야 할까요? 봄이 되면 무덤 위에도 잔디가 피어납니다. 그처럼 부끄러운 이름도 새로운 생명으로 가득해질 수 있다면, 이 겨울을 버티고 생명 가득한 봄을 기다려야 합니다. 생명을 무성하게 자라게 하는 것은 나 자신의 몫입니다.

활동

1 「별 헤는 밤」에서 자신의 이름을 써 보고 흙으로 덮어 버리는 행동의 의미는 무엇인지 생각해 봅시다.

2 「별 헤는 밤」에서 화자의 정서는 어떻게 변하고 있는지 말해 봅시다.

낙화(落花)

가야 할 때가 언제인가를
분명히 알고 가는 이의
뒷모습은 얼마나 아름다운가

봄 한철
격정을 인내한
나의 사랑은 지고 있다.

분분한 낙화……
결별이 이룩하는 축복에 싸여
지금은 가야 할 때

무성한 녹음과 그리고
머지않아 열매 맺는
가을을 향하여

나의 청춘은 꽃답게 죽는다.

• **낙화** 떨어진 꽃. 또는 꽃이 떨어짐.
• **분분한** 여럿이 한데 뒤섞여 어수선한. 어지러운.

헤어지자
섬세한 손길을 흔들며
하롱하롱 꽃잎이 지는 어느 날

나의 사랑, 나의 결별
샘터에 물 고이듯 성숙하는
내 영혼의 슬픈 눈.

꽃이 지는 것을 막을 수는 없습니다. 꽃이 떨어져야만 녹음의 계절 여름, 결실의 계절 가을이 오기 때문입니다. 꽃이 지는 것을 막을 수 없듯이, 사랑도 이별의 순간이 찾아오면 떠나보내야만 합니다. 화자는 "가야 할 때가 언제인가를/분명히 알고 가는 이의/뒷모습은 얼마나 아름다운가"라고 말합니다. 그 결별을 통해 성숙의 시간이 찾아오기 때문입니다. "결별이 이룩하는 축복"은 바로 열매 맺음을 통한 성숙일 것입니다. 그렇다고 결별이 아프지 않다고 말하는 것은 아닙니다. 아프지만, 영혼 가득 슬픔이 차오르겠지만, 헤어짐의 순간이 없는 삶이란 없다는 것을 받아들입니다. 그렇게 삶의 한 고비를 넘습니다.

활동

1 「낙화」에서 '낙화'란 우리 삶의 어떤 순간을 상징하는지 말해 봅시다.

2 「낙화」의 마지막 연에서 '결별'을 통해 발견하는 삶의 의미는 무엇일지 생각해 봅시다.

슬픔이 기쁨에게

• 정호승

나는 이제 너에게도 슬픔을 주겠다.
사랑보다 소중한 슬픔을 주겠다.
겨울밤 거리에서 귤 몇 개 놓고
살아온 추위와 떨고 있는 할머니에게
귤값을 깎으면서 기뻐하던 너를 위하여
나는 슬픔의 평등한 얼굴을 보여 주겠다.
내가 어둠 속에서 너를 부를 때
단 한 번도 평등하게 웃어 주질 않은
가마니에 덮인 동사자(凍死者)가 다시 얼어 죽을 때
가마니 한 장조차 덮어 주지 않은
무관심한 너의 사랑을 위해
흘릴 줄 모르는 너의 눈물을 위해
나는 이제 너에게도 기다림을 주겠다.
이 세상에 내리던 함박눈을 멈추겠다.
보리밭에 내리던 봄눈들을 데리고
추워 떠는 사람들의 슬픔에게 다녀와서
눈 그친 눈길을 너와 함께 걷겠다.
슬픔의 힘에 대한 이야기를 하며
기다림의 슬픔까지 걸어가겠다.

• **동사자** 얼어 죽은 사람.

사랑보다 소중한 슬픔이 있습니다. 떨고 있는 할머니를 위한 슬픔, 가마니에 덮인 동사자를 위한 슬픔, 나 아닌 누군가를 위해 흘리는 눈물에서 오는 슬픔입니다. 그런데 그 슬픔을 모르는 '너'가 있습니다. 할머니에게, 동사자에게 단 한 번도 평등하게 웃어 주지 않은, 죽음 앞에서도 눈물 흘릴 줄 모르는 '너'입니다. 화자는 자신의 안위만 생각하며 타인의 아픔에 무관심한 '너'에게 "기다림"을 주겠다고 말합니다. 그리고 "슬픔의 힘"에 대해 이야기하며 함께 걷겠다고 말합니다. 타인의 아픔에 공감하고 함께 울어 줄 수 있는 그 따뜻한 슬픔을 아는 '너'가 되길 바라는 마음입니다. 오늘 나는 누구를 위해 눈물 흘렸는지 돌아봅니다.

 활동

1 「슬픔이 기쁨에게」에서 '너'는 어떤 사람을 의미하는지 말해 봅시다.

2 「슬픔이 기쁨에게」에 나오는 '기쁨'과 '슬픔'의 의미를 생각해 보고 기쁨보다 슬픔이 소중한 이유가 무엇인지 이야기해 봅시다.

사과를 먹으며

● 함민복

사과를 먹는다
사과나무의 일부를 먹는다
사과꽃에 눈부시던 햇살을 먹는다
사과를 더 푸르게 하던 장맛비를 먹는다
사과를 흔들던 소슬바람을 먹는다
사과나무를 감싸던 눈송이를 먹는다
사과 위를 지나던 벌레의 기억을 먹는다
사과나무에서 울던 새소리를 먹는다
사과나무 잎새를 먹는다
사과를 가꾼 사람의 땀방울을 먹는다
사과를 연구한 식물학자의 지식을 먹는다
사과나무 집 딸이 바라보던 하늘을 먹는다
사과에 수액을 공급하던 사과나무 가지를 먹는다
사과나무의 세월, 사과나무 나이테를 먹는다
사과를 지탱해 온 사과나무 뿌리를 먹는다
사과의 씨앗을 먹는다
사과나무의 자양분 흙을 먹는다
사과나무의 흙을 붙잡고 있는 지구의 중력을 먹는다
사과나무가 존재할 수 있게 한 우주를 먹는다
　흙으로 빚어진 사과를 먹는다

흙에서 멀리 도망쳐 보려다
흙으로 돌아가고 마는
사과를 먹는다
사과가 나를 먹는다

사과를 한 입 베어 물고 '나는 지금 사과를 흔들던 소슬바람을 먹고 있어.'라고 생각해 본 적 있나요? 화자에게 사과를 먹는다는 것은 사과를 키운 햇살, 장맛비, 소슬바람을 먹는 일이고, 사과를 가꾼 사람의 땀방울, 사과나무 집 딸의 마음, 사과나무의 세월, 사과나무를 지탱해 준 모든 것을 함께 먹는 일입니다. 사과를 먹는 것이 이렇게 한 우주를 내 안으로 받아들이는 일이라고는 미처 생각하지 못했습니다. 언젠가는 나 또한 흙으로 돌아가 거름이 되어 사과를 자라게 할 것이라는 자연의 이치를 이제야 깨닫게 되었습니다. 사과 한 알에 들어 있는 이 엄청난 우주의 비밀을 말입니다.

 활동

1 「사과를 먹으며」에서 화자가 사과를 먹으며 떠올린 것은 무엇인지 찾아봅시다.

2 「사과를 먹으며」 첫 행의 "사과를 먹는다"는 마지막 행에서 "사과가 나를 먹는다"로 변형됩니다. 두 문장을 연결 지어 그 의미를 생각해 봅시다.

우포늪

• 황동규

우포에 .와서 빈 시간 하나를 만난다.
온 나라의 산과 언덕을 오르내리며
잇달아 금을 긋는 송전탑 송전선들이 사라진 곳,
이동전화도 이동하지 않는 곳.
줄풀 마름 생이가래 가시연(蓮)이
여기저기 모여 있거나 비어 있는
그냥 70만 평,
누군가 막 꾸다 만 꿈 같다.
잠자리 한 떼 오래 움직이지 않고 떠 있고
해오라기 몇 마리 정신없이 외발로 서 있다.
이런 곳이 있다니!
시간이 어디 있나,
돌을 던져도 시침(時針)이 보이지 않는 곳.

- **우포늪** 경남 창녕군에 있는 국내 최대 규모의 자연 내륙 습지. 다양한 동물·식물이 서식하고 있는 자연 생태계의 보고.
- **줄풀** 볏과의 여러해살이풀. 못이나 물가에서 자란다.
- **마름** 마름과의 한해살이풀. 연못이나 늪에서 자란다.
- **생이가래** 생이가랫과의 한해살이풀. 물 위에 떠서 자라는 풀로 가늘고 길며 잔털이 배게 난다.

70만 평의 우포늪에는 줄풀, 마름, 생이가래, 가시연이 자라고 있습니다. 잠자리 떼가 떠 있고 해오라기 몇 마리가 서 있습니다. 우포늪에 가 본 적은 없지만 시를 따라 상상해 볼 수 있습니다. 이동전화도 제 역할을 못 하는 자연 그대로의 공간. 화자도 우포늪을 마주하고는 그 풍경에 넋을 잃고 서 있지 않았을까 생각해 봅니다. 마치 꿈을 꾸는 듯이, 시간이 흐르는 줄도 모르고 하염없이 바라보고 서 있지 않았을까 추측해 봅니다. 문명이 닿지 않는 드넓은 자연 앞에서, 압도된 인간이 할 수 있는 것이란 "이런 곳이 있다니!"라고 감탄하는 것뿐입니다.

활동

1 「우포늪」에서 우포늪이 인간의 손에 의해 훼손되지 않은 공간임을 알려 주는 부분을 찾아봅시다.

2 「우포늪」에서 "돌을 던져도 시침이 보이지 않는 곳"은 무엇을 의미하는지 생각해 봅시다.

제망매가(祭亡妹歌)

● 월명사

생사(生死) 길은

예 있으매 머뭇거리고

나는 간다는 말도

못다 이르고 어찌 갑니까.

어느 가을 이른 바람에

이에 저에 떨어질 잎처럼

한 가지에 나고

가는 곳 모르온저.

아아, 미타찰(彌陀刹)에서 만날 나

도(道) 닦아 기다리겠노라.

- **제망매** 죽은 누이동생을 추모함.
- **예** '여기에'의 준말. 이승. 이 세상.
- **모르온저** 모르겠구나.
- **미타찰** 아미타불이 있는 서방 정토, 즉 극락세계를 말함.

이 시는 신라 시대의 향가로, 죽은 누이를 추모하기 위한 노래입니다. 아마도 누이의 죽음은 예상치 못한 순간 찾아왔나 봅니다. 그래서 화자는 "나는 간다는 말도/못다 이르고 어찌 갑니까."라고 말하는 것이겠지요. 사랑하는 사람의 갑작스러운 부재는 받아들이기 쉽지 않습니다. 사랑하는 사람을 더 이상 만날 수 없다는 절망에 빠질 때, 우리는 무엇을 할 수 있을까요? 화자는 '미타찰', 즉 불교적 사후 세계에서 누이와 만나기 위해 '도'를 닦을 것을 다짐합니다. 승려였던 월명사가 누이를 만나기 위해 이승에서 할 수 있는 일은 불도에 정진하는 것이겠지요. 슬픔은 때로 그렇게 삶이 됩니다.

활동

1 「제망매가」에서 "어느 가을 이른 바람에/이에 저에 떨어질 잎처럼"이 의미하는 것이 무엇인지 누이의 죽음과 연결 지어 생각해 봅시다.

2 「제망매가」에서 "한 가지에 나고 가는 곳 모르온저."에 담긴 누이의 죽음에 대한 화자의 태도에 관해 말해 봅시다.

바람도 쉬어 넘고

● 지은이 모름

바람도 쉬어 넘고 구름이라도 쉬어 넘는 고개

산진이 수진이 해동청 보라매라도 다 쉬어 넘는 고봉(高峰) 장
성령 고개

그 너머 임이 왔다 하면 나는 한 번도 아니 쉬어 넘을까 하노라

• **산진이 수진이 해동청 보라매** 매사냥에서 말하는 매의 종류. 야생에서 잡은 매를 산진이, 3년
이상 길들인 매를 수진이라고 부름. 해동청은 푸른빛을 띠는 덩치 큰 송골매. 보라매는 그해에
난 새끼를 길들여서 사냥에 쓰는 매를 말함.

창(窓) 내고자 창을 내고자

● 지은이 모름

창 내고자 창을 내고자 이 내 가슴에 창 내고자
고모장지 세살장지 들장지 열장지 암돌쩌귀 수돌쩌귀 배목걸
쇠 크나큰 장도리로 뚝딱 박아 이 내 가슴에 창 내고자
　이따금 하 답답할 제면 여닫아 볼까 하노라

- **고모장지** 고미장지. 고미는 다락방에 설치한 문의 일종. 장지는 방에 칸을 막아 끼운 미닫이.
- **세살장지** 문살이 가는 장지.
- **들장지** 들어 올려 매달아 놓게 된 장지.
- **열장지** 열창문. 여닫을 수 있는 창의 총칭.
- **배목걸쇠** 문을 걸어 잠그고 빗장으로 쓰는 쇠.

「바람도 쉬어 넘고」의 화자는 임을 기다리고 있습니다. 바람과 구름과 매가 모두 쉬어 넘는 높은 고개라도 임을 기다리는 화자를 막지는 못합니다. 임이 왔다고 하면, 한달음에 달려갈 준비가 되어 있습니다. 「창 내고자 창을 내고자」의 화자는 가슴에 창을 내겠다고 합니다. 답답할 때면 가슴의 창을 여닫으며 답답함을 풀어 보겠다는 것입니다. 기가 막힌 발상이지만 정말 가슴에 창을 낼 수는 없습니다. 그렇다면 이 답답함은 해소할 길이 없는 것일까요? 보고픈 사람에게 한달음에 달려가고 싶은 그리운 마음, 가슴에 창을 내서라도 털어 버리고 싶은 답답한 마음, 모두 간절함이 담겨 있습니다.

 활동

1 「바람도 쉬어 넘고」에서 사랑을 이루고자 하는 화자의 적극적인 의지가 드러난 부분을 찾아봅시다.

2 「창 내고자 창을 내고자」에서 자신의 답답한 심정을 해학적으로 표현한 부분을 말해 봅시다.

세

시인 소개

고재종 1957~ 전남 담양에서 태어남. 1984년 실천문학사의 신작 시집 『시여 무기여』에 시를 발표하며 등단함. 시집 『바람 부는 솔숲에 사랑은 머물고』『새벽 들』『사람의 등불』『날랜 사랑』『앞강도 야위는 이 그리움』『그때 휘파람새가 울었다』『쪽빛 문장』『꽃의 권력』 등이 있음.

기형도 1960~1989 인천 연평도에서 태어남. 연세대 정치외교학과 졸업. 1985년 동아일보 신춘문예로 등단하여 작품 활동을 하다가 뇌졸중으로 요절함. 죽은 뒤에 시집 『입 속의 검은 잎』이 나왔고, 시와 산문을 모두 엮은 『기형도 전집』이 간행됨.

김광균 1914~1993 경기도 개성에서 태어남. 송도상고 졸업. 1926년 중외일보에 시를 발표하며 작품 활동 시작함. 『자오선』『시인부락』 동인. 시집 『와사등』『기항지(寄港地)』『황혼가』 등이 있음.

김기택 1957~ 경기도 안양에서 태어남. 1989년 한국일보 신춘문예에 시가 당선되어 작품 활동을 시작함. 시집으로 『태아의 잠』『바늘구멍 속의 폭풍』『사무원』『소』『껌』『갈라진다 갈라진다』 등이 있음.

김선우 1970~ 강원도 강릉에서 태어남. 1996년 계간 『창작과비평』에 시를 발표하며 문단에 나옴. 시집 『내 혀가 입 속에 갇혀 있길 거부한다면』『도화 아래 잠들다』『내 몸속에 잠든 이 누구신가』『나의 무한한 혁명에게』『녹턴』 등이 있음.

김소월 1902~1934 본명은 정식(廷湜). 평북 구성에서 태어남. 오산학교와 배재고보 졸업. 김억의 지도와 영향으로 시를 쓰기 시작해 1920년 『창조』에 시를 발표하며 문학 활동을 시작함. 시집 『진달래꽃』(1925)을 펴냈고, 죽은 뒤에 김억이 엮은 『소월 시초』(1939)가 간행됨.

김수영 1921~1968 서울에서 태어남. 연희전문학교 영문과 중퇴. 1945년 『예술부락』에 시를 발표하면서 등단함. 시집 『달나라의 장난』『거대한 뿌리』 등이 있음.

김영랑 1903~1950 본명은 윤식(允植). 전남 강진에서 태어남. 일본 아오야마(靑山)학원 영문과 졸업. 1930년 『시문학』 동인으로 참가하면서 작품 활동을 시작함. 시집

『영랑 시집』『영랑 시선』 등이 있음.

김지하 1941~ 전남 목포에서 태어남. 서울대 미학과 졸업. 1969년『시인』지에 시를
발표하며 작품 활동을 시작함. 시집『황토』『타는 목마름으로』『애린 1·2』『검은 산
하얀 방』『이 가문 날에 비구름』『별밭을 우러르며』『중심의 괴로움』『화개』『유목과
은둔』『못난 시들』『시김새 1·2』 등이 있음.

김춘수 1922~2004 경남 충무에서 태어남. 일본 니혼(日本) 대학 예술과 중퇴. 1948
년 첫 시집『구름과 장미』를 펴내며 작품 활동을 시작함. 시집『늪』『기(旗)』『꽃의 소
묘』『타령조·기타』『남천』『달개비꽃』 등이 있음.

나희덕 1966~ 충남 논산에서 태어남. 연세대 국문과 졸업. 1989년 중앙일보 신춘
문예에 시가 당선되어 작품 활동을 시작함. 시집으로『뿌리에게』『그 말이 잎을 물들
였다』『그곳이 멀지 않다』『어두워진다는 것』『사라진 손바닥』『야생 사과』『말들이
돌아오는 시간』 등이 있음.

박목월 1916~1978 본명은 영종(泳鍾). 경북 경주에서 태어남. 대구 계성중학 졸업.
1933년『어린이』에 동시가 특선되고, 1939년『문장』에 시가 추천되어 작품 활동을
시작함. 조지훈·박두진과 함께 '청록파' 시인으로 활동하며 3인 시집『청록집』을 펴
냄. 시집『산도화』『난·기타』『청담』『경상도의 가랑잎』『무순(無順)』 등이 있고, 동시
집『박영종 동시집』『초록별』『산새알 물새알』 등을 펴냄.

박용래 1925~1980 충남 부여에서 태어남. 강경상고 졸업. 1955년『현대문학』에 시
가 추천되어 등단함. 시집『싸락눈』『강아지풀』『백발의 꽃대궁』, 시 전집『먼바다』
등이 있음.

박정만 1946~1988 전북 정읍에서 태어남. 경희대 국문과 수료. 1968년 서울신문 신
춘문예에 시가 당선되어 등단함. 시집『잠자는 돌』『맹꽁이는 언제 우는가』『무지개
가 되기까지는』『서러운 땅』『저 쓰라린 세월』『혼자 있는 봄날』『그대에게 가는 길』
등이 있음.

백석 1912~1995 본명은 기행(夔行). 평북 정주에서 태어남. 오산고보를 거쳐 일본의
아오야마 학원 영문과 졸업. 1935년 조선일보에 시를 발표하며 등단함. 시집『사슴』
이 있고, 1957년 북한에서 동화 시집『집게네 네 형제』를 간행함.

서정주 1915~2000 호는 미당(未堂). 전북 고창에서 태어남. 중앙불교전문학교에서

수학. 1936년 동아일보 신춘문예에 시가 당선되어 등단함. 김광균·김달진·김동인 등과 동인지 『시인부락』을 창간함. 시집 『화사집(花蛇集)』『귀촉도』『서정주 시선』 『신라초』『동천(冬天)』『질마재 신화』『늙은 떠돌이의 시』 등이 있음.

송순 1493~1583 조선 중기의 시인·정치가. 호는 면앙정(俛仰亭). 관직에서 물러나 고향인 담양에 은거할 때 주변 산수의 아름다움과 정서를 읊은 가사 「면앙정가」를 남김.

송시열 1607~1689 조선 후기의 문신·학자. 호는 우암(尤庵). 노론의 영수. 주자학의 대가로서 이이의 학통을 계승하여 기호학파의 주류를 이루었음. 저서로 『우암집』 『송자대전(宋子大全)』 등이 있음.

신경림 1935~ 충북 충주에서 태어남. 동국대 영문과 졸업. 1956년 『문학예술』에 시가 추천되어 작품 활동을 시작함. 시집 『농무』『새재』『달 넘세』『가난한 사랑노래』 『길』『쓰러진 자의 꿈』『어머니와 할머니의 실루엣』『뿔』『사진관집 이층』 등이 있음.

신동엽 1930~1969 충남 부여에서 태어남. 단국대 사학과 졸업. 1959년 조선일보 신춘문예로 등단하여 작품 활동을 시작함. 시집 『아사녀(阿斯女)』, 장편 서사시 「금강」, 시선집 『누가 하늘을 보았다 하는가』 등이 있음.

원천석 1330~? 고려 말 조선 초의 문인. 호는 운곡(耘谷). 진사가 되었으나 고려 말의 혼란한 정계를 개탄하여 치악산에 들어가 은둔 생활을 함. 주요 작품으로 「회고가」 가 있으며, 시문집 『운곡시사』가 전함.

월명사 생몰년 모름 신라 경덕왕(재위 742~765) 때의 학덕이 높은 승려. 향가 「도솔 가」 「제망매가」를 지음.

윤동주 1917~1945 북간도 명동에서 태어남. 연희전문학교 문과 졸업. 일본 도시샤 (同志社) 대학 영문과 재학 중 항일 운동을 했다는 혐의로 체포되어 후쿠오카(福岡) 형무소에서 복역하다가 1945년 2월 옥사함. 해방 후 유고 시집 『하늘과 바람과 별과 시』(1948)가 간행됨.

윤선도 1587~1671 조선 중기의 시인·정치가. 호는 고산(孤山). 남인의 중심인물로 치열한 당쟁으로 인해 일생을 거의 유배지에서 보냄. 시조에 뛰어나 정철의 가사와 더불어 조선 시가의 쌍벽을 이룸. 시조 「오우가」 「어부사시사」, 문집 『고산유고』 등 을 남김.

이상 1910~1937 본명은 김해경(金海卿). 서울에서 태어남. 보성고보를 거쳐 경성고 등공업학교 건축과 졸업. 1931년 조선총독부 건축과 기수로 일하던 당시 『조선과 건축』에 시를 발표하며 작품 활동을 시작함. 정지용·이태준·이효석·박태원 등과 함께 '구인회' 회원으로 활동함. 주요 작품으로 시 「오감도」 「거울」, 소설 「날개」 「봉별기」 등이 있음.

이승하 1960~ 경북 의성에서 태어나 김천에서 성장함. 중앙대 문예창작학과 졸업. 1984년 중앙일보 신춘문예에 시가, 1989년 경향신문 신춘문예에 소설이 당선되어 문단에 나옴. 시집 『사랑의 탐구』 『우리들의 유토피아』 『욥의 슬픔을 아시나요』 『박수를 찾아서』 『폭력과 광기의 나날』 『생명에서 물건으로』 『감시와 처벌의 나날』 등이 있음.

이육사 1904~1944 본명은 원록(源祿). 경북 안동에서 태어남. 1930년 조선일보에 시를 발표하며 작품 활동을 시작함. 독립운동 단체인 '의열단'에 가입하는 등 항일 투쟁을 벌이다 베이징의 감옥에서 순국함. 유고 시집 『육사 시집』이 있음.

이조년 1269~1343 고려 후기의 문신. 호는 매운당(梅雲堂), 백화헌(百花軒). 예문관 대제학을 지냄. 시문에 뛰어났으며, 시조 1수가 전함.

이해인 1945~ 강원도 양구에서 태어남. 1964년 올리베타노 성 베네딕도 수녀회에 입회하여 1968년 수녀로 서원함. 1970년 『소년』지에 동시를 발표하며 등단함. 시집 『내 혼에 불을 놓아』 『민들레의 영토』 『시간의 얼굴』 『오늘은 내가 반달로 떠도』 『외딴 마을의 빈집이 되고 싶다』 『작은 기쁨』 『작은 위로』 『희망은 깨어 있네』 등이 있음.

이형기 1933~2005 경남 진주에서 태어남. 동국대 불교학과 졸업. 1949년 『문예』에 시가 추천되어 등단함. 시집 『적막강산』 『돌베개의 시』 『꿈꾸는 한발(旱魃)』 『절벽』 『죽지 않는 도시』 『존재하지 않는 나무』 등이 있음.

장석주 1954~ 충남 논산에서 태어남. 1975년 『월간문학』에 시를 발표하고, 1979년 조선일보 신춘문예에 시가 당선되어 작품 활동을 시작함. 시집 『햇빛 사냥』 『완전주의자의 꿈』 『새들은 황혼 속에 집을 짓는다』 『붕붕거리는 추억의 한때』 『크고 헐렁헐렁한 바지』 『붉디붉은 호랑이』 『몽해항로』 『오랫동안』 『일요일과 나쁜 날씨』 등이 있음.

정극인 1401~1481 조선 전기의 문신·학자. 호는 불우헌(不憂軒). 단종이 왕위를 빼

앗기자 벼슬을 버리고 고향에서 후진을 가르침. 조선 시대 최초의 가사 작품 「상춘곡」을 지었고, 문집 『불우헌집』을 남김.

정일근 1958~ 경남 진해에서 태어남. 경남대 국어교육과 졸업. 1984년 『실천문학』과 1985년 한국일보 신춘문예를 통해 문단에 나옴. 시집 『바다가 보이는 교실』 『유배지에서 보내는 정약용의 편지』 『그리운 곳으로 돌아보라』 『경주 남산』 『마당으로 출근하는 시인』 『착하게 낡은 것의 영혼』 『기다린다는 것에 대하여』 『방!』 『소금 성자』 등이 있음.

정지용 1902~1950 충북 옥천에서 태어남. 일본 도시샤 대학 영문과 졸업. 1926년 『학조(學潮)』에 시를 발표하며 작품 활동을 시작함. 시집 『정지용 시집』 『백록담』 등이 있음.

정철 1536~1593 조선 중기의 시인·정치가. 호는 송강(松江). 가사 문학의 대가로서 시조의 윤선도와 함께 한국 시가의 쌍벽으로 일컬어짐. 가사 「관동별곡」 「사미인곡」 등을 남김.

정호승 1950~ 경남 하동에서 태어나 대구에서 성장함. 경희대 국문학과 졸업. 1973년 대한일보 신춘문예에 시가, 1982년 조선일보 신춘문예에 소설이 당선되어 작품 활동을 시작함. 시집 『슬픔이 기쁨에게』 『서울의 예수』 『별들은 따뜻하다』 『눈물이 나면 기차를 타라』 『외로우니까 사람이다』 『포옹』 『밥값』 『나는 희망을 거절한다』 등이 있음.

천양희 1942~ 부산에서 태어남. 이화여대 국문과 졸업. 1965년 『현대문학』을 통해 문단에 나옴. 시집 『신이 우리에게 묻는다면』 『사람 그리운 도시』 『하루치의 희망』 『마음의 수수밭』 『오래된 골목』 『너무 많은 입』 『나는 가끔 우두커니가 된다』 『새벽에 생각하다』 등이 있음.

하종오 1954~ 경북 의성에서 태어남. 1975년 『현대문학』에 시가 추천되어 등단함. 시집 『벼는 벼끼리 피는 피끼리』 『사월에서 오월로』 『깨끗한 그리움』 『쥐똥나무 울타리』 『사물의 운명』 『무언가 찾아올 적엔』 『반대쪽 천국』 『베드타운』 『입국자들』 『국경 없는 공장』 『아시아계 한국인들』 『남북상징어사전』 『남북주민보고서』 『국경 없는 농장』 『겨울 촛불집회 준비물에 관한 상상』 등이 있음.

한용운 1879~1944 호는 만해(萬海). 충남 홍성에서 태어남. 어렸을 때 서당에서 한학을 배우고 동학 농민 운동과 의병 운동에 가담한 뒤에 1905년 백담사에 들어가 승려가 됨. 1919년 3·1운동 때 민족 대표 33인의 한 사람으로 독립 선언서에 서명하여 옥고를 치름. 1926년 시집 『님의 침묵』을 간행함.

함민복 1962~ 충북 충주에서 태어남. 서울예술대학 문예창작과 졸업. 1988년 『세계의 문학』에 시를 발표하며 작품 활동을 시작함. 시집 『우울 씨의 일일(一日)』 『자본주의의 약속』 『모든 경계에는 꽃이 핀다』 『말랑말랑한 힘』 『눈물을 자르는 눈꺼풀처럼』 등이 있음.

홍랑 생몰년 모름 조선 선조(재위 1567~1608) 때 함경도 홍원의 기생. 당대의 이름난 시인이었던 최경창이 1573년 북평사로 부임해 함경도 경성에 갔을 때 가까이 사귀었으며, 이듬해 봄에 최경창이 서울로 돌아가는 길에 함관령 고개까지 따라가 전송하고 그에게 시조를 지어 보냈다고 함.

황동규 1938~ 평남 숙천에서 태어나 1946년 가족과 함께 월남해 서울에서 성장함. 서울대 영문과 졸업. 1958년 『현대문학』에 시가 추천되어 등단함. 시집 『어떤 개인 날』 『비가(悲歌)』 『나는 바퀴를 보면 굴리고 싶어진다』 『악어를 조심하라고?』 『몰운대행』 『미시령 큰바람』 『풍장(風葬)』 『외계인』 『버클리풍의 사랑노래』 『우연에 기댈 때도 있었다』 『꽃의 고요』 『겨울밤 0시 5분』 『사는 기쁨』 『연옥의 봄』 등이 있음.

황지우 1952~ 전남 해남에서 태어남. 서울대 미학과 졸업. 1980년 중앙일보 신춘문예와 계간 『문학과지성』을 통해 등단함. 시집 『새들도 세상을 뜨는구나』 『겨울-나무로부터 봄-나무에로』 『나는 너다』 『게 눈 속의 연꽃』 『어느 날 나는 흐린 주점에 앉아 있을 거다』 등이 있음.

황진이 생몰년 모름 조선 시대의 기생·시인. 자는 명월(明月). 서경덕, 박연 폭포와 더불어 송도삼절(松都三絶, 개성에서 유명한 세 가지)로 불림. 한시와 시조에 뛰어났고 당대의 명사들과 교유함.

작품 출처 ●●●●●●●●●●●●●●●●●●●●●●●●●●●●●●●●●●●●●●●

고재종 「첫사랑」, 『쪽빛 문장』, 문학사상사 2004
기형도 「엄마 걱정」, 『입 속의 검은 잎』, 문학과지성사 1989
김광균 「추일 서정」, 『기항지』, 정음사 1947
김기택 「우주인」, 『사무원』, 창작과비평사 1999
김선우 「신의 방」, 『도화 아래 잠들다』, 창비 2003
김소월 「먼 후일」, 『진달래꽃』, 매문사 1925
김소월 「진달래꽃」, 『진달래꽃』, 매문사 1925
김수영 「눈」, 『사랑의 변주곡』, 백낙청 엮음, 창작과비평사 1988
김영랑 「모란이 피기까지는」, 『영랑을 만나다』, 이숭원 엮음, 태학사 2009
김지하 「타는 목마름으로」, 『타는 목마름으로』, 창작과비평사 1982 ; 아킬라미디어 2016
김춘수 「샤갈의 마을에 내리는 눈」, 『김춘수 시전집』, 현대문학 2004
나희덕 「귀뚜라미」, 『그 말이 잎을 물들였다』, 창작과비평사 1994
나희덕 「오 분간」, 『그곳이 멀지 않다』, 민음사 1997 ; 문학동네 2004
박목월 「나그네」, 『청록집』, 을유문화사 1946
박목월 「사투리」, 『난·기타』, 신구문화사 1959
박목월 「산이 날 에워싸고」, 『청록집』, 을유문화사 1946
박목월 「하관」, 『난·기타』, 신구문화사 1959
박용래 「울타리 밖」, 『먼 바다』, 창작과비평사 1984
박정만 「작은 연가」, 『박정만 시전집』, 해토 2005
백석 「나와 나타샤와 흰 당나귀」, 『정본 백석 시집』, 고형진 엮음, 문학동네 2007
백석 「남신의주 유동 박시봉 방」, 『정본 백석 시집』, 고형진 엮음, 문학동네 2007
백석 「여승」, 『정본 백석 시집』, 고형진 엮음, 문학동네 2007
백석 「흰 바람벽이 있어」, 『정본 백석 시집』, 고형진 엮음, 문학동네 2007
서정주 「국화 옆에서」, 『서정주 시선』, 정음사 1956
서정주 「외할머니의 뒤안 툇마루」, 『질마재 신화』, 일지사 1975
송순 「십 년을 경영하여」, 『시조 문학 사전』, 정병욱 편저, 신구문화사 1966
송시열 「청산도 절로절로」, 『정본 시조 대전』, 심재완 엮음, 일조각 1984
신경림 「목계 장터」, 『새재』, 창작과비평사 1979

신경림 「가난한 사랑 노래」, 『가난한 사랑 노래』, 실천문학사 1988
신동엽 「껍데기는 가라」, 『신동엽 시전집』, 창비 2013
어느 행상인의 아내 「정읍사」, 『한국고전시가선』, 임형택·고미숙 엮음, 창작과비평사 1997
원천석 「눈 맞아 휘어진 대를」, 『한국고전문학전집 1』, 김대행 역주, 고려대학교 민족문화연구소 1993
월명사 「제망매가」, 김완진 『향가 해독법 연구』, 서울대출판부 2008 ; 『한국고전시가선』, 임형택·고미숙 엮음, 창작과비평사 1997
윤동주 「별 헤는 밤」, 『정본 윤동주 전집』, 홍장학 엮음, 문학과지성사 2004
윤동주 「서시」, 『정본 윤동주 전집』, 홍장학 엮음, 문학과지성사 2004
윤동주 「쉽게 씌어진 시」, 『정본 윤동주 전집』, 홍장학 엮음, 문학과지성사 2004
윤동주 「자화상」, 『정본 윤동주 전집』, 홍장학 엮음, 문학과지성사 2004
윤선도 「오우가」, 『고시조 산책』, 성낙은 편저, 국학자료원 1996
윤선도 「만흥」, 『한국고전시가선』, 임형택·고미숙 엮음, 창작과비평사 1997
이상 「가정」, 『이상 전집 1』, 권영민 엮음, 태학사 2013
이상 「거울」, 『이상 전집 1』, 권영민 엮음, 태학사 2013
이승하 「화가 뭉크와 함께」, 『사랑의 탐구』, 문학과지성사 1987
이육사 「광야」, 『육사 시집』, 서울출판사 1946
이육사 「절정」, 『육사 시집』, 서울출판사 1946
이육사 「청포도」, 『육사 시집』, 서울출판사 1946
이조년 「이화에 월백하고」, 『한국고전시가선』, 임형택·고미숙 엮음, 창작과비평사 1997
이해인 「듣기」, 『작은 기도』, 열림원 2011
이형기 「낙화」, 『적막강산』, 모음출판사 1963
장석주 「대추 한 알」, 『붉디붉은 호랑이』, 애지 2005
정극인 「상춘곡」, 『조선 전기 사대부 가사』, 최현재 옮김, 문학동네 2012
정일근 「쌀」, 『오른손잡이의 슬픔』, 고요아침 2005
정일근 「신문지 밥상」, 『착하게 낡은 것의 영혼』, 시학 2006
정지용 「비」, 『백록담』, 동명출판사 1941
정지용 「유리창 1」, 『정지용 시집』, 시문학사 1935
정지용 「향수」, 『정지용 시집』, 시문학사 1935
정철 「속미인곡」, 『송강가사』, 정재호·장정수, 신구문화사 2006
정호승 「고래를 위하여」, 『외로우니까 사람이다』, 열림원 1998
정호승 「내가 사랑하는 사람」, 『내가 사랑하는 사람』, 열림원 2003
정호승 「슬픔이 기쁨에게」, 『슬픔이 기쁨에게』, 창작과비평사 1979

지은이 모름 「가시리」, 『한국고전시가선』, 임형택·고미숙 엮음, 창작과비평사 1997

지은이 모름 「개를 여나믄이나 기르되」, 『한국고전시가선』, 임형택·고미숙 엮음, 창작과비평사 1997

지은이 모름 「굼벵이 매암이 되어」, 『한국고전시가선』, 임형택·고미숙 엮음, 창작과비평사 1997

지은이 모름 「님이 오마 하거늘」, 『한국고전시가선』, 임형택·고미숙 엮음, 창작과비평사 1997

지은이 모름 「바람도 쉬어 넘고」, 『고시조 대전』, 김흥규 외 엮음, 고려대학교 민족문화연구원 2012

지은이 모름 「창 내고자 창을 내고자」, 『한국고전시가선』, 임형택·고미숙 엮음, 창작과비평사 1997

지은이 모름 「청산별곡」, 『한국고전시가선』, 임형택·고미숙 엮음, 창작과비평사 1997

천양희 「그 사람의 손을 보면」, 『마음의 수수밭』, 창작과비평사 1994

하종오 「동승」, 『국경 없는 공장』, 삶이보이는창 2007

하종오 「원어」, 『아시아계 한국인들』, 삶이보이는창 2007

한용운 「님의 침묵」, 『님의 침묵』, 회동서관 1926

함민복 「눈물은 왜 짠가」, 『모든 경계에는 꽃이 핀다』, 창작과비평사 1996

함민복 「사과를 먹으며」, 『우울씨의 일일』, 세계사 1990

홍랑 「묏버들 가려 꺾어」, 『한국고전시가선』, 임형택·고미숙 엮음, 창작과비평사 1997

황동규 「우포늪」, 『우연에 기댈 때도 있었다』, 문학과지성사 2003

황지우 「거룩한 식사」, 『어느 날 나는 흐린 주점에 앉아 있을 거다』, 문학과지성사 1998

황지우 「너를 기다리는 동안」, 『게 눈 속의 연꽃』, 문학과지성사 1991

황진이 「동짓달 기나긴 밤을」, 『한국고전시가선』, 임형택·고미숙 엮음, 창작과비평사 1997

지은이	작품명	수록 교과서
고재종	첫사랑	금성(류수열), 비상(박안수), 신사고(민현식)
기형도	엄마 걱정	미래엔(신유식)
김광균	추일 서정	미래엔(신유식)
김기택	우주인	동아(고형진)
김선우	신의 방	천재(박영목)
김소월	먼 후일	지학사(이삼형)
김소월	진달래꽃	금성(류수열), 동아(고형진), 비상(박안수), 천재(박영목), 천재(이성영), 해냄(정민)
김수영	눈	창비(이도영), 해냄(정민)
김영랑	모란이 피기까지는	천재(박영목)
김지하	타는 목마름으로	지학사(이삼형)
김춘수	샤갈의 마을에 내리는 눈	천재(이성영)
나희덕	귀뚜라미	금성(류수열)
나희덕	오 분간	동아(고형진)
박목월	나그네	천재(박영목)
박목월	사투리	비상(박안수)
박목월	산이 날 에워싸고	비상(박영민)
박목월	하관	신사고(민현식)
박용래	울타리 밖	천재(박영목)
박정만	작은 연가	해냄(정민)
백석	나와 나타샤와 흰 당나귀	창비(이도영)
백석	남신의주 유동 박시봉 방	미래엔(신유식)
백석	여승	비상(박영민)
백석	흰 바람벽이 있어	해냄(정민)
서정주	국화 옆에서	천재(박영목)
서정주	외할머니의 뒤안 툇마루	비상(박영민)

• 교과서 학습 활동에 작품의 일부 또는 제목만 언급된 경우도 포함하였습니다.

지은이	작품명	수록 교과서
송순	십 년을 경영하여	비상(박안수), 신사고(민현식), 창비(이도영)
송시열	청산도 절로절로	천재(박영목)
신경림	목계 장터	천재(박영목)
신경림	가난한 사랑 노래	비상(박안수)
신동엽	껍데기는 가라	동아(고형진), 천재(박영목)
어느 행상인의 아내	정읍사	창비(이도영)
원천석	눈 맞아 휘어진 대를	비상(박영민)
월명사	제망매가	동아(고형진), 미래엔(신유식), 비상(박영민), 비상(박안수), 신사고(민현식)
윤동주	별 헤는 밤	해냄(정민)
윤동주	서시	금성(류수열), 미래엔(신유식), 비상(박영민)
윤동주	쉽게 씌어진 시	미래엔(신유식)
윤동주	자화상	비상(박안수), 신사고(민현식)
윤선도	오우가	동아(고형진), 천재(이성영)
윤선도	만흥	신사고(민현식), 해냄(정민)
이상	가정	지학사(이삼형)
이상	거울	미래엔(신유식)
이승하	화가 뭉크와 함께	천재(이성영)
이육사	광야	미래엔(신유식), 천재(박영목)
이육사	청포도	천재(박영목)
이육사	절정	금성(류수열), 신사고(민현식), 지학사(이삼형)
이조년	이화에 월백하고	금성(류수열), 천재(박영목)
이해인	듣기	천재(이성영)
이형기	낙화	비상(박안수)
장석주	대추 한 알	동아(고형진)
정극인	상춘곡	천재(박영목), 해냄(정민)
정일근	쌀	천재(이성영)
정일근	신문지 밥상	금성(류수열)
정지용	비	창비(이도영)
정지용	유리창 1	천재(이성영)
정지용	향수	동아(고형진), 비상(박영민),

지은이	작품명	수록 교과서
정철	속미인곡	천재(박영목) 동아(고형진), 비상(박안수), 지학사(이삼형)
정호승	고래를 위하여	금성(류수열)
정호승	내가 사랑하는 사람	미래엔(신유식)
정호승	슬픔이 기쁨에게	미래엔(신유식)
지은이 모름	가시리	비상(박안수), 신사고(민현식), 지학사(이삼형), 천재(박영목), 천재(이성영), 해냄(정민)
지은이 모름	개를 여나믄이나 기르되	미래엔(신유식), 신사고(민현식)
지은이 모름	굼벵이 매암이 되어	금성(류수열)
지은이 모름	님이 오마 하거늘	동아(고형진), 비상(박안수)
지은이 모름	바람도 쉬어 넘고	천재(이성영)
지은이 모름	창 내고자 창을 내고자	창비(이도영), 천재(이성영)
지은이 모름	청산별곡	금성(류수열), 비상(박영민)
천양희	그 사람의 손을 보면	신사고(민현식)
하종오	동승	금성(류수열), 비상(박영민)
하종오	원어	천재(이성영)
한용운	님의 침묵	미래엔(신유식)
함민복	눈물은 왜 짠가	금성(류수열), 지학사(이삼형)
함민복	사과를 먹으며	신사고(민현식)
홍랑	묏버들 가려 꺾어	금성(류수열)
황동규	우포늪	해냄(정민)
황지우	거룩한 식사	해냄(정민)
황지우	너를 기다리는 동안	금성(류수열), 지학사(이삼형)
황진이	동짓달 기나긴 밤을	미래엔(신유식), 비상(박영민), 비상(박안수), 신사고(민현식), 지학사(이삼형)